講談社文庫

短篇七芒星

舞城王太郎

JN046751

講談社

短篇七芒星

舞城王太郎

奏《そ》雨《う》

1

待ち合わせた井の頭公園の中のお店にちょうどたどり着いたくらいで雨が降り始める。中に入るとすでに奏雨はテーブル席に座ってソーダを飲んでいる。顔色がペールで薄暗い店内だとよく見えない。

「よう」

と声をかけるとストローをくわえたままちょっと顔を上げて両目を同時にぱちっとやる。だから何だよその挨拶方法はよ。慣れてる俺にしかわからないだろ。まあいい。ともかくこの馬鹿に何かを突っ込んでも仕方がない。

「雨？」

と訊かれたけど
「うん？まだじゃねえ？」

と適当に答えておく。

「何で嘘つくの」

と奏雨は窓の外の池の水面を顎で示す。そこには雨の紋がポツポツと咲いている。

答えずに話を始める。


昨日の夜、男が片足を切り落とされ殺されているのが見つかった。連続殺人鬼《足切り》の三番目の被害者と目されている。三人の被害者はいずれも拉致され、郊外の人の来ない廃屋の風呂場に手錠のようなもので拘束され、生きたまま片足をノコギリで切り落とされた後で解放されるらしいが、片足で脱出しようとしている途中で失血死してしまうようだ。

逃げた被害者を犯人が追いかけた痕跡もなく、どうやら犯人は足を切ったら風呂桶に溜めた水でノコギリを洗い、それを放置して立ち去るだけらしい。

「思うに、」と俺は言う。「おそらく犯人は医療関係者か、医学に詳しい人間だと思う。片足の切断で起こる出血量とペースを周到に計算して殺害現場を選んでる。本当にギリギリ助からないような場所で、それは起こってるんだ。最初の被害者は足の切断後にそのまま立ち上がって逃げたらしい。けどその運動のせいもあって出血の量が多くペースも早くて廃屋を出て人通りのある場所までたどり着く手前で昏倒して、そこから動けずに死んでしまった。

で、おそらくそのニュースを見ていたから二番目の被害者はまずは止血しようとベルトで足を縛り、自分のシャツを脱いで切断面をぐるぐる巻きに縛った。でも当たり前だけど映画みたいに上手くはいかなくて手こずってるうちにも出血は続くし慌てて脈も上がれば出る血の量も増えるし、結局二番目の被害者は廃屋を出ることもできなかった。

で先行する二人の被害者たちの顚末をニュースで知っていた三番目の被害者だが、止血の方法を改善しようと思ったんだろうな、廃屋の中のキッチンを探し出し、コンロに行った。そこで切断面を火であぶろうとしたんだろう。でもそこは廃屋だ。もちろんガスも電気も通ってねえ。で、次に家捜しして火を起こせるものを探した。そのときの被害者の気持ちを思うとたまらないぜ。まっすぐ速攻で逃げ出した奴は人のところに辿り着けなかった。身近なもので止血を試みた奴はもたついて時間と血を無駄にした。自分は要領良くやるつもりだったのに頭からとんだポカをしでかして、でも他の方針に切り替えることもできずに挽回する手立てを必死に探すしかないんだもんな。でもそいつはある意味ラッキーで、ゴミの中からライターを見つけることができた。しかしそいつにはまだ見落としてることがあった。映画とかドラマみたいにジュー、ぐー熱い、くらいで済むような話じゃねえんだ。そいつは最初、ライターの火で直接切断面を焼こうとした。チロチロとしたちっちゃな炎だけど、火傷は同じように痛い。ぎゃー、ですぐ観念したらしくて、次にゴミに火をつけた。それなりに大きな火になったから気合を入れ直して、一気に焼こうとしてドーンと切断面を突っ込んだ。ところがそれは血塗れの足だったから、火はジュ、って消えちまったみたいなんだよな。その上ゴミの中にはプラスチックや薬剤が火で溶けていて、それが熱々のまま傷口に塗りたくられた具合になって被害者は悶絶だ。朦朧とした意識の中で何度かゴミに火をつけて足を少しずつ焼いて、おそらく止血自体には成功しただろうに結局その場で失神し、消えなかったゴミの火が燃え広がってそのまま焼死だ。悲惨過ぎるぜ。

《足切り》がどこまでそれを計算したのかはわからない。が、被害者たちはどんどん酷い目に遭って……それも自分を勝手に酷い状態に追い込むようにして死んでいる。《足切り》を捕まえたいんだ。……何か、どうしたらいいか、どうやって考えたらいいか、教えてくれることはないか？奏雨」

友人の名探偵に、俺は見せられるだけの捜査資料を見せる。

2

奏雨が問う。

「人には想像力があると思う？」

「うん？」

どういう文脈だ？

「僕や君に、空想力があるかな？」

「あるだろ？」

もちろんこの質問から《ない》と続けるつもりだろう。この問いかけてない問いかけを何と呼ぶんだ？果たして奏雨は言う。

「うーん、どこかの一部にはね、あるだろう。でもある程度さ。他の大勢についてはどうかな。僕が思うに、ほとんどの人間にあるのは想像力や空想力なんかじゃなくて、連想力だよ。頭に浮かぶ物事は単純なものにパターン化されてる。僕も君もね」

「どういう意味？……この話、事件と関連ある？」

「どうかな」

「どうかなって……」

「雨が降りだした。僕はこれを飲んでる。そしてここは井の頭公園だ。ここで昔大事件があったのを知ってる？」

？どの事件だ？《大事件》と言われても、重要な事件はいくつもあるし俺は普段から事件を《大小》では区別しないが……でも一番最初に頭に思い浮かぶ事件名がある。

「バラバラのあれか」

「うん。1994年のね。未解決で、時効も成立してしまった。で、その事件において、ここはいたましい現場だし、関係者が周辺にいるかもしれないし、心を痛めてる人もたくさんいるだろうからそれについて口に出して語るのはやめておこう。犯人がこの店内にいないとも限らないわけだしね」

「……」

どうしてそんな古い事件を……？　《足切り》の事件は《バラバラ殺人》なのだろうか？

違う、と直感的に思う。

《バラバラ殺人》は多くの場合、殺人の後に死体の解体が行われる。その目的は大きく三つに分かれる。一つ目は死体の廃棄や隠蔽のためだ。小さく細かくして隠したり運び出したり動物などに与えやすくする。二つ目は死者の解体に快楽を求めて。怒りや憎しみの発散などもこれに含めていいだろう。三つ目は解体された死者の公開。見せしめ、警察への挑発や扇動、あるいは《作品》としての展示などがこれにあたる。が、《足切り》の殺人はどれにも当たっていないだろう。足を切ったのは生きているうちだ。そもそも片足しか切っていないのをバラバラと表現するだろうか……？

「君が今連想したことは全て僕の意図とは関係ない」

と奏雨が言う。

「何じゃい」

と言いつつ思う。

《連想》？

俺は今連想したのか？

したか。そりゃするだろこの文脈だと。

「僕が言いたかったのは、ここでかの有名事件のあった年、同様の事件が多発したのは知ってるよね？」

「……ああ」

1994年はいわゆるバラバラ殺人で、捜査本部の設置された案件が八件起こっている。

「バラバラが警察捜査の攪乱や遅延に有効であることが報道などで明らかになって、おそらく真似されたんだろうね」

「……それも《連想》か？」

「人間に想像力が本当にあるのなら死体の廃棄・隠蔽を解体に頼らないさ。何しろ解体作業は手間だよ？《もっといい方法ないかな》と考えるさ。それが自然じゃないか？ロープにくくりつけて真夜中に気球で運ぶとか大きなゴム紐に引っ掛けてパチンコみたいに飛ばすとか、色々やり方はあるだろう」

後半の荒唐無稽な戯言は無視して考える。

「つまり、被害者たちは片足を切られてから自分がなすべきことについて、予め十分に想像できなかったと言ってるのか？」

「うーん。まあそういう解釈でもいいんだけど、僕の真意はもうちょっと別にある。どうして一番目の被害者は傷の手当てをすることもなくただひたすら逃げ出したんだろう？」

「そりゃあ……」と言いながら考える。自分の足がちょん切られたら？「……痛いけど足が片っぽ残ってるんだ。ケンケンで走ってどうにかなると思うんじゃないか？ともかく犯人から離れたいのは普通だろう」

「二人目は逃げ出さずに足の手当てを行った。三人目も同様の目的で犯人のいる建物の中に残った」

「……うん。そうだな。じゃあ……」

「待って。いいんだ。君が最初に言ったことは正しい。何でもそうなんだ。最初に思いつくことが大体正しい」

「？何だっけ？ケンケンパ？」

「パはできないけどね」

そうだ。「ケンケンでいけるはずってことか」

「うん。何でそんなふうに思うんだろう？」

「や、自然じゃないか？」

「どうしてそれが自然なのかって問いだよ」

「……？」

「被害者たちは医者じゃない」

「ああ」

「僕たちも医者じゃない」

「……？」

「だから足を切られたらまずは手当てしないとまずいってのがわからない。ちょっと走るくらいいけるだろうって甘い予想を立ててしまう。あるいは何とか人のいるところまで辿り着ければお医者さんに何とかしてもらえる、と思う。これは翻って、お医者さんじゃないとどうしようもない、というふうに信じてるってことでもある」

「まあな」

「自然だよ。しょうがないことかもしれない。でも僕が指摘しておきたいのは、つまり、足を切られるなんてことされたこともないしそんな話聞いたこともないし、どこかの物語で読んだこともないってことだよ。いや、どこかにそういうお話はあるのかもしれないけれど、メジャーじゃないってことさ」

「……で？二番目と三番目は……」

「報道のおかげで一番目の被害者に起こったことを知ってたってことだ」

「ああ。だからそれを踏まえて二番目は行動した。その失敗を踏まえて三番目も行動した」

「その通り」と言ってから奏雨は続ける。「切断面を焼いて止血するってどこで得た知識なんだろうね？実体験じゃないだろうし、知り合いがやったってことでもないだろう」

「……そうだな」

「焼灼《しょうしゃく》止血法《しけつほう》っていうんだ。タンパク質を熱で凝固させて血を止める方法で昔から焼きごてとか熱湯を用いて行われてたけど、当たり前だが止血の代わりに火傷させるって方法だから、その火傷から感染症になったりもするしそもそも激痛を伴う治療だから患者本人が行うべきことじゃないんだ。できることでもない。だから実は二番目の被害者が行った止血帯止血法と直接圧迫止血法、つまり何かを押し当てて血を止めるって方法の方が正しいんだよ。でも三番目の被害者は二番目の被害者の失敗を受けて焼灼止血法に飛びついた。医者でもない被害者がどうしてそんな知識を持っていたんだろう？」

「映画やドラマかな」

と俺は言う。ゾンビに噛まれた腕や足を切断して、火で止血ってシーンはいくつも思い出せる。

「そうだね」と奏雨が言う。「僕たちは皆映画やドラマや漫画や小説でいろんなイメージを自分の中に植え付ける。咄嗟のときにはそれを引き出して応用しようとする。つまり足を切られたという状況から治療法を想像してるんじゃない。連想してるんだよ。足を切られた。でも大丈夫だ逃げよう。大丈夫じゃなかった止血しなきゃ。動脈を押さえて切断面に布を当てよう。ショックの中でそんなことテキパキできない。一撃で止血できそうな焼灼止血法を試そう。……行き当たりばったりに思いついたことをやってるようだけど、流れはある。直近の情報と自分の中のイメージの組み合わせだよ」

「……なるほどな」

と俺は言うけれど、どうして奏雨がこんな話を続けているのかわからない。結局事件の内容を心理面からなぞっただけで新しく解き明かされたことはひとつもない。

でも俺はちゃんと聞いている。

奏雨の話に無駄はないのだ。

「連想か」と俺は言う。「……連想じゃなくて想像をすべきだって話か？」

「ちょっと違う」

違うか。「じゃあ何だ？」。こんなふうに質問ばかりで申し訳ないのだけれども。

奏雨は気にしないふうに教えてくれる。

「連想に囚われてることを自覚すべきだって話だよ」

「そうか。……うん？俺もか？」

「そうだね。君は警官だろう？」

「ああ」

「誰が被害者を殺したのかを追っている」

「そうだ」

「三人の被害者を殺したのは、連想だよ」

「うん？比喩か？」

「そうじゃない。犯人は連想だよ。ニンじゃないけどさ」

《足切り》が……何かしら連想的なものってことか？」

「何言ってるのか自分でもわかってないだろう。何だよ《何かしら連想的なもの》って。もちろんそうじゃない。ちゃんと言うと、おそらく《足切り》と呼ばれてる奴は三人の足を切ったりしてはいない」

「何だと……？じゃあ誰が切ったんだ」

「だから言ってるじゃないか。連想だよ」

「……はあ？」

「説明するよ？」

と奏雨はやや面倒臭そうに淡々と続けるが、面倒くさそうに見えるだけで大体普段からそうだからあまり構わない。

3

俺の渡した資料を見ながら奏雨が言う。

「廃屋の風呂場で、三人とも手錠は足にかけられていた。現場の写真を見てごらん。凄い汚され方だ」

汚され方？「汚れ方じゃなくて？」

「よく見てごらん？バスタブの周辺が赤黒くなっている。これは何の汚れだろう？」

「錆だろう」

「錆ってのは金属が酸化してできるものだよ。この壁には金属なんてない。蛇口はその脇の壁だ。この蛇口の錆っぽいものも錆じゃないだろう」

「錆じゃなくて何なんだ？　水垢か？」

「……シンクや洗面所や便器などに着くあの赤い汚れは水垢じゃない。水垢ってのは水から沈殿した炭酸カルシウムや塩が水の蒸発によって残ったもので、だから色は白に近い。あの赤いのは水の中で育った微生物なんだよ。赤色酵母っていうんだ。学名ロドトルラ属。普通の家で見られるのは大抵がロドトルラ・ムシラギノーサだ。生き物だから、水のないところには生きられない。使われなくなった風呂場でも繁殖したりしない」

「じゃあ何なんだ？」

「錆っぽく見せるための塗料だろう」

「塗料？　錆を取るためのじゃなく、錆っぽく見せるためのって……」

「絵具みたいなものだよ」

「何だって……？」

「鑑識の人にお願いして確認してもらったら？」

「そうする」。俺は携帯を出して連絡する。「三件ともか？」

「うん。僕はどっちでもいいけど、君らはそういうのしっかり書類にまとめなきゃいけないだろう？」

その通りだ。

手配を終えて席に戻る。

「絵具って、何でそんなとこで錆なんか描いたんだ？」

「錆を描いただけじゃないよ。この床と壁の白いタイル。これはきっと全部張り替えられたものだろう。剝がれたような部分も作ったり全体的にヨゴシも入れたり、手がかかってる」

「ええ……？」

「これも持ち主に確認できるんじゃないかな？あるいはこの建物の管理者に。まあ今現場に向かってもらってる鑑識の人についでに他の部屋の風呂場と見比べてもらってもいいかもだけど」

「……手配してくる」

「あ、じゃあさらについでに、このバキバキに割られたバスタブの外壁についても見てもらって。この汚れもおそらく塗料だから。あ、あとどの風呂場もバスタブの向かい側の壁が壊されてるのも犯人の仕業だからね」

「壁を壊したって……どうして」

「目的はひとつだよ。それっぽくしたのさ。警察は現場以外をいちいち見て回らないだろう？それを見越して、面倒だから他の部屋の風呂場まで演出してない」

「演出……？」

「座って話そう。早く電話して戻ってきな」

「……そうする」

俺は携帯を持ってもう一度店の外に出る。雨を避けて軒下で電話を終えて席に戻る。

「で、演出とはどういう意味だ？」

と訊く俺に奏雨が言う。

「僕には友達がほとんどいない」

「？何？」

「僕には友達がほとんどいない。君以外には……名前も出てこないから、君しかいないと言ってもいい」

「事件の話をしろよ」

「してるよ。照れる場面でもないだろ」

「照れてねえよ。お前に友達がいないのは事実だろ」

「うん。どうして僕が君と友達なのかわかる？」

「は？」

「僕と君が友達の理由」

「気が合ったからじゃねえのか？」

「気か。合ってるのかな？」

「合ってねえのかよ」

「合ってると思ったことはないな」

「おいおい。唯一の友達も失うつもりかよ。つか何の話してんだ」

「事件の話だってば」

「俺とお前の友情の話なんかどうでもいいだろう。友情があればの話だけれど」

「どうでも良くないさ。僕の唯一の友達の話をしてるんだよ？どうでもいいはずないだろう」

「事件の話を続けろって言ってんだ」

「だから続けてるってば。ねえ、君はここに来たとき、すでに降り出してた雨についてまだ降ってないみたいに知らんぷりをした。あれはどうして？」

「あ？……俺そんなことしたっけ？」

「したよ。また知らんぷりかい？」

「いや本当に憶えてない」

「ふ。まあそうなのかもしれない。そういうところも君と僕をつなげている」

「……なんだか気色の悪い展開になってるけど、もうやめろ。友情なんていちいち確認することでもないだろ」

「事件の話だからこそ、ちゃんと確認してるのさ」

「……？」

「君が雨について知らんぷりしたのは、僕のためだ。それを憶えてなくても、普段から気を遣ってるから解るだろう？」

「……気を遣ってるみたいなことじゃねえよ」

「じゃあ何だい？」

「お前が雨の話されるの嫌がるからしないだけじゃねえか」

「うん。そうなんだ」

　このバカはバカなので、子供の頃に雨の日に自分の名前をからかわれたのを忘れられなくて、大人になってからも雨の日にはピリピリしている。……まあつまりまだちゃんと大人になりきれてないんだろう。

そして今わざとらしく自分で言ったように、指示語の副詞にも敏感だ。

そう？　そう。そうかな？　そうだよ。

くだらない。

「お前がそれを笑い飛ばせるなら俺だってどうだっていいんだぞ？」

「僕はもう駄目さ。そういうのに縛られてる。そういうのに。あはは」

そう言ってソーダを飲む。ソーダを。バカだからあえてその飲み物を自分で選んでストローくわえてそれ飲んでるってのを俺にアピールしたりする。

バカのやるバカは無視。

「事件の話だろ？」

「うん」

「演出って何のことだ？」

「あれ？　風呂場で足切りだよ？　演出と来たらわからない？」

「わかってたら訊かねえよ」

「結構有名な映画のはずなんだけどな。だからこそ連想が生まれたんだし」

「映画？タイトルは？」

「それを僕の口から言いたくなくてここまでヒントを出してたつもりだったんだけど」

言いたくない？

「《そう》？」

「……君がどの意味でそれを言ったのか、文字で見えない限りわからない。見えてても意味不明かもだけど」

「《そう》って言葉がタイトルに入ってるのか？って意味だよ」

「それがタイトルそのものだよ」

「《そう》？そんな映画あったか？」

「……」

携帯で調べる。

『そう　映画』……あった。そして検索結果に画像もあって、それで一目瞭然だ。

『ＳＡＷ』。

ホラー映画だ。どんでん返しもある。その内容を知ってるのは……「俺観てたわこれ」

「何だよ」

とガックリきたように奏雨が言う。

構わない。

そうか、なるほど。風呂場で足切り。それが映画の内容そのものだ。極限状態の中で自分の命を助けるために、他の人の命を助けるためには自分の足を切らねばならない。

「演出って、この映画を想像させるためにやったってことか？」

「連想だよ。想像なんかじゃない」

連想。その通りだ。

映画そっくりの状況を作り、映画の内容に被害者たちを捕らえ込む。

「つまり被害者たちは……《足切り》に足を切られたんじゃなくて、自分たちで足を切った？ 映画と同じように追い込まれて？」

「追い込んだのは被害者自身の連想だ」

そうなのか？

そうとも言えるだろうか……。

「映画を観てなくても前の被害者の身に起こったことから見当がついたのかもしれな

いし、犯人が駄目押しに、映画に登場した、ほっぺにグルグル渦巻のある人形を使って《ゲームの説明》をしたのかもしれない。が、おそらくそこまではしてないだろうな」

「……どうしてそう思う？」

「入念に舞台を組み上げて映画のシークエンスを演出したんだ。言葉で説明するのは野暮だろう？　その現場にある物語を思い起こさせ、その連想に被害者たちが苦悩する様子を犯人は楽しんでたはずだ」

「楽しむ……？」

「僕がどうしてそう思うのか、もここで説明しとこう」と奏雨が続ける。「バスタブには水が張ってあって、そこでノコギリは《足切り》によって洗われてたと君たちは見ている」

「うん？　違うのか？」

「映画の演出は終わった。被害者は自分で足を切った。被害者たちは逃げ出すか自分で傷口の手当てをしようとしたが、犯人は捕まえようともせず邪魔しようともせず、ノコギリをバスタブに溜めた水で洗った？　そしてきれいにしたノコギリを持ち帰りもせず結局バスタブの底に沈めて捨ててしまった。……ちぐはぐじゃないか？」

「ふむ……」

「ノコギリを洗う必要なんてないんだ。慎重に現場を選び、そこに通って細やかな美術作業を行い、周到に被害者たちをさらってきた犯人だよ？そのノコギリの洗浄だけが妙に無駄じゃないか？」

「つまり洗浄じゃない、別の何かをやってたってことか」

「その通り」

「……ノコギリはバスタブにつけてあったし、刃からは血も肉片も落とされていた。……洗った以外に考えられることがあるか？」

「ノコギリの形状は弓型だ。弦掛《つるか》け鋸《のこぎり》っていうんだけどね。台形の歯の両刃鋸《りょうば》でもなく、薄い刃を背金で補強した導突鋸《どうつき》でもなく、曲線を切るための細長い刃の廻《まわ》し挽《び》き鋸でもない。この弦掛け鋸、刃を綺麗にする方法は洗浄だけじゃない」

「？」

「刃の付け替えだよ」

「……⁉どうしてそんな……新しい刃に付け替える必要なんてあるか？古い刃を持ち帰った？」

「新しい同じ刃じゃなくて、新しい別の刃に入れ替えたんだよ」

「？どういう意味だ？」

「もともと付けてあって、被害者の足を切った刃を隠すためさ」

「だからどういう意味だよ」

「ネタバレを防いだのさ。エンターテイナーだから。楽しんでるのは自分だけだろうけど」

「ネタバレ？刃がか？」

「連想を用意して人の精神的苦痛を楽しんでる奴だ。性格が悪いんだ」

「性格のいい奴は人を殺さねえよ」

「そんなことは一概に言えないだろ」

「何を……いやそんなことはどうでもいい。どういう意味だ。ズバッと言えよ。もう《そう》は関係ないんだろ？」

「あれ？映画のタイトルがずばり《鋸》だって分かってる？」

「え？あ、そ……じゃなくて、エスエーダブリューってseeの過去形で《見た》って意味じゃねえの？」

「いやそれもあるけど……あれ？あの映画のタイトルがそもそものダブルミーニングってありえるかな？オチ的にはありえそうとも言えるけど……そんな解釈考えたこ

ともなかったな……」

「はあ？　もう何の話してるんだか分からなくなってきたぞ……」

「ごめんごめん。性格の悪い犯人の話ね。被害者たちが足を切ったノコギリの刃、おそらく金属を切るための刃、金鋸だったんじゃないかと思う」

「……ええ……？　いや、でも金属を切れるなら足を切ることだってできるだろう？」

「混乱してるね。できるよ？　実際に切った」

「だよな。金鋸をつけてたとバレると何がマズいんだ？」

「君も被害者の立場になったら足が危ないね。金属を切れる鋸なら、足じゃなくて足かせの方を切ればいいじゃないか。手錠をさ。それを次の被害者に知られたくなかったんだよ」

「……!?」

「目の前に無傷で脱出する方法があるんだ。あったんだ。でも映画の連想に囚われた被害者にはそれは見えなかったし、そのインアテンショナル・ブラインドネスを犯人は嘲笑してたんだろう。で、ひとしきり笑ってからノコギリの刃を付け替えて、バスタブの中に多少の血液と肉片とともに捨てたんだ」

「……とんだ畜生じゃねえか……」

「こんなことをする動物はいない。ヒトならではだよ」

「そうですね……」

「あ」

「何」

「《そう》って言った」

「何度も言ってるよ」

「言わないでおくときもあるのに。ここで言う？」

「うるせえな。お前に友達がいないのは、お前がどうでもいい、しょうもないことでわあわあうるせえからだよ」

「ヒョエー」

でも捜査の役には立つ。

いろいろ確認が取れたので俺は都内で《錆》塗料を大量購入している男を割り出し、とっ捕まえる。

そいつは女の子を一人、多摩川そばの廃墟に閉じ込めてカメラでモニタリングしているところで、俺はその子を救い出すことができる。

その子の足は無事だが、危ないところだった。

「これは金鋸だよ」

と教えてあげたけれど、

「そんなの知らない。見たことない」

と彼女は震えて言う。

女子学生にも授業で金鋸くらい見せてやるべきなのだ。

あと中学に上がってからは自分を『カナメ』と名乗るようにしているアホの奏雨だが、あいつがアホなのは俺がもっとアホだと知らないところで、俺は『そう』なんて本名を知らなくて『そう』って読み方も想像できなくてただ字のまま『そうう』だと思ったから『そーう』と発音してたし、それで呼び慣れてるからそうし続けてるだけで、気を遣ったとかそういうことじゃないんだ。

でもそういうことからつながりは生まれ、友情を育んだ感じはなくても気も合わなくても付き合いは続き、悪い奴が一人捕まり、かわいそうな女の子が一人救かる。

最高じゃないが最悪でもない成果だ。

仕方ない、という意味でそれで十分なのだ、俺の職業的には。

狙撃

1

伯父は俺のことをマークスマンと呼んだ。優秀な狙撃手のことだ。実際俺は仲間の中では一番のキジ撃ちだったし鹿撃ちだったし熊撃ちだった。

「なんかコツとかあんのかよ」

と俺に銃を教えた伯父自身が訊いてきたとき、俺はとっておきの極意を教えてやった。

「息は吸って吐くんじゃないんだ。入れて、消すんだ」

消す、という言葉の意味がわからないらしかったが、それを俺も他の言葉にどう置き換えていいかわからなかった。

消す、としか言いようがなかった。俺は狩りのとき、息を吐いた覚えがない。口と鼻の穴を通して俺の中に入った空気が俺の中のどこかで消えてしまうのだ。

どんなスポーツでも競技でも格闘でもそうだろうけれど、最終的には呼吸が大元だ。呼吸が整えば脈拍もそれに従うし、血の流れがコントロールできれば筋肉も神経も自在になる。俺は氷点下二十度でも息を凍らさずに呼吸できるし、砂漠の真ん中の屋根すらない瓦礫の中で汗もかかずに半日ただ待つことができる。ただできるんだ。やり方を分解して説明したり誰かに教えたりはできないだけで。

俺は引き金を絞る。

銃弾が飛び出て獲物に届く。

獲物の肉が着弾と同時にブルルンと同心円を描きながら震える。

大抵獲物は自分に何が起こったのかわからないまま体をよじったり跳ね上がったりして、わあ驚いたみたいなジェスチャーをするが、本当に驚いているわけではない。痛みすら感じてないはずだ。

痛みというのは地面に倒れ、最初のショックが去り、なんだかわからないいままとりあえずこの場を離れよう、逃げ出そう、とするその瞬間の身動きから始まる。弾丸が筋肉の繊維をゴリゴリとやるからだ。この最初の痛みを狙撃された相手が避けることはほとんどできない。不意を突かれたことでアドレナリンの適用が間に合わないのだ。

体も脳もクリアなまま、この最初のバイトを味わう他ない。

バイト、というのは言葉のまま俺の弾丸が獲物に噛みつくことであり、そのとき俺の感覚では俺が噛みついている。弾丸は俺の歯で、随分な出っ歯ってことになるが、俺はその飛ぶ歯で獲物をガブリとやるのだ。

俺は軍隊に入る。そこで虐《いじ》められる。

最初それに気づかなかった。俺はずっと仲間に囲まれていたし友人も多かった。正直誰かと怒鳴り合うような喧嘩をしたこともなかったし暴力なんて自分とは遠い存在だった。なのに俺のことを変な名前で呼んだりどんなことにせよ俺のやることをからかったり囃し立てたりして、それからすぐに俺の尻を蹴ったりするようになった。

喧嘩というのは不思議な営みだ。

それは怒りの激突などではないのだ。

簡単な気まぐれ、いわゆるちょっかいからぼんやりと始まる。大抵ちょっかいをかける側は笑っていて、かけられた側が怒った時点で大体終わる。

「おいおいふざけてただけだよ、カッとするんじゃねえよ」

と言って相手は俺の首の後ろに腕を回す。

俺の怒りはどこかに消える。尻を蹴られたという恥と悔しさは霧散することがないが、でもどこにも出すことができない。

「わりいわりい」

「なんでお前そんなとこ突っ立ってんだよアハハごめんごめん怪我ない？」

「えっ、ちょ、お前、何怖い顔してんのよわざとじゃねえよ」

「冗談だよ俺たちわりと仲良くやってんだろ？」

「俺のこと許すって言ってくれよ。頼むよ、な？」

そんな台詞で俺のことを殴り、ケムに巻きながら最後は銃床で俺のこめかみをえぐってきた。倒れ込んだ俺は信じがたい思いだった。今何が起こったのか、全く理解できなかった。実際脳が揺さぶられて何も考えられなかったし、左耳を濡らす温かい液体が血であることに気がついて完全パニックになっていた。

でも、俺は気づく。

俺が森で撃っていた獲物たちも、地面に倒れてじっとしてる間はただパニックなだけで自分が狙撃され、その一発ですでに仕留められていること、あるいは少し逃げたとしてもとどめを刺される運命にあることを理解できないものなのだ。そしてその動物たちと今の俺は同じだ。

やられてることを理解できていない。

俺はライフルを握って俺を見下ろし、いつも通りにニヤつこうとしている男の目を見る。

目元まではニヤニヤできているが、瞳には冷たい殺意がある。

そりゃそうだ。ライフルの銃床で人の頭をぶん殴ってきたのだ。

それも急所を。

でも、と俺は思う。撃たれたわけじゃない。俺の中に銃弾はない。左のこめかみはそこに心臓がワープしてきたみたいにバックンバックンいっているし視界がぼやけ、ぐらついているが、致命傷ではない。

本気で俺を仕留めるつもりだったら俺の顔面の左側は陥没していたはずだ。

つまり相手はまだ殺意でチラチラ火遊びをしている段階だ。

でも俺は？

俺の銃が遊び道具だったことは一度もない。

そうだ。

俺は随分ぼけっとしていたが、ここは森なのだ。いつの間にか撃たれる側に立っていたが、マークスマン、起きろ。

お前は撃つんだ。

とは言え実弾を入れてないライフルを構えても仕方がないので銃床で殴り返し、確実に頭部を平らに伸ばしてやろうと思ったが、それに取り掛かる寸前相手が「そんなつもりなかったんだ。やめてくれ。本当に、俺にそんなつもりはないんだ」と言って後退《あとずさ》り、そんな言葉俺は全然聞こえてもいなかったけれど、脇から教官たちが突っ込んできて、俺は取り押さえられ、バカは引き離される。

そいつはその五分後に除隊届を出して消える。

おそらく俺が本気になったのを察知したんだろうが、まじで風のように自分の荷物をまとめ、俺が教官たちによって床に押さえ込まれているうちに呼んでもらった車に飛び乗ったらしい。

イホ・デ・プータのコニョ野郎！

俺に殺されておくべきだったのだ！

2

俺は戦場で撃ちまくる。と言っても狙撃兵になった俺の出番は上からの命令待ちばかりだし、そもそも狙撃の本質は隠れて待つことで撃つことはおまけとかご褒美みたいなものだ（当たらなくても相手の足が止まれば成功、みたいな仕事なのだ）。でも俺は結構撃てばちゃんと当てるので重宝されるし、出番は多めだ。

それで呼ばれるままに敵を撃つ。男も女も子供も関係ない。二百メートル、五百メートル、七百メートル、千二百メートル。距離も関係ない。弾は当たる。

俺は銃弾を自作する。弾頭と薬莢と雷管と火薬をそれぞれ自分好みのものを取り寄せて組み合わせる。そうやっているとたまに不良品があるのを見つけることがある。俺は思う。これで撃ってたらこの弾は当たらなかっただろうか？

そんな気がしない。これでも当ててみせただろう。それくらい俺は俺のライフルの腕に確信があった。もちろん百発百中ってわけじゃなかったのだが、当てると思って撃ったときには当たるものだった。

「凄えな。風やら気温やらで弾丸の飛び方は変わってくるだろう？それをどうやって計算してるんだ？」

別に難しい計算なんてしていない。

そもそも距離のある狙撃の場合、銃弾は直線的には飛ばない。ほんの数十メートル飛んで以降は軌道をまっすぐ保てず重力や風に流されることになる。だから基本的には程よく落ちて相手にバーンと当たるように弓形に撃ち上げるのだが、キャッチボールと同じだ。遠くにいる誰かの胸元に球を投げるとき、高く投げ上げる感覚。あれだ。

「野球か。キャッチボールなんてやったことねえなあ」

野球は道具に金がかかるから、皆サッカーばかりやっている。

俺は父親が野球が好きだったからキャッチボールの相手をさせられていて、子供の頃には何のためにこれをやるのかわからなかったけど父親と遊ぶのは楽しかったし、今こうやって人を撃つのに役に立っていると思う。

あと弾を自作するようになって、弾丸が俺の手足の切り離された一部みたいな感覚になったことも命中率を上げた気がするけれど、それとは別に妙な現象に気付くようになる。

俺の（ほぼ）百発百中って狙撃が、たまに当たらなくなったのだ。

俺は相手に噛みつくようにして銃弾を撃ち込むし、当たるときには当たる前に当たるとわかるしその感覚は完全にリアルで外したことがないのだけれど、弾丸が標的の手前で魔法のようにシュウッと消えるようになる。外れたときだって着弾と同時に砂煙がパッと舞い上がるものなのに、それもない。空中のどこかで俺の弾は消えているのだ。

スポッターは俺がとんでもない場外ホームラン的なミスをしたんだろうと思って俺のことをじっと見つめる。俺が狙撃という行いに対して宗教っぽくストイックに真正面から向き合っていることを知ってるから何も言わないが、何やってんの？的な視線は隠しようもない。

なので俺は言う。

「空中で弾が溶けちまったんだよ」

適当に言った台詞だけど、実際そんな感じだったしそんなふうにしか言えなかった。

スポッターは俺が失敗をごまかして冗談を言ってるとしか聞いてなかったようだし、まあその次の弾を当てて仕事を完了させているので特に問題にはならなかったのだが、俺は不思議だった。

俺の弾はどこへ行ったんだ？

本当に明後日の方角へ飛んでいったのか、と疑うことはできなかった。俺の狙撃でそういうことは起こらない。

でもその弾丸の空中消失は起こるのだった。

三十発に一発くらいの割合で。

俺の自作弾丸に何かそういう性質があるのだろうか？と俺は遠くの壁に向けて百発ほど撃ってみるけれど、そのときには何も起こらず百個の穴が開くだけだ。

でも人を狙ったときには、大体似た頻度で弾が消える。

俺はもう一度俺を疑う。

人を撃つのが嫌になって無意識的に弾を外していて気付いてない、あるいは気付いていないふりをしているということはあるだろうか？

でもそんなふうに自分の無意識について疑ってみても答えは出ない。

意識できないから無意識なのだ。

それにまああじゃあそういうことでも、結局仕事はできているのだから問題はないのだけれど、ただ理屈が気になる。

「え？弾丸が空中分解してるとか？」

と俺の話を聞いてどこかの馬鹿が言うけれど、空中を飛んでいく弾頭は鉛の塊を銅とニッケルの合金で覆ったものなのだ。フルメタル・ジャケット。そんなものが飛んでる途中でバラバラになったりはしない。そんな例は聞いたこともない。

「お前人のこと撃ちすぎて神様が減らそうとしてるんじゃねえの」

と言う奴がいて、それならちょっとわからないでもない。得体の知れない神が俺の弾丸を空中でヒョイとつまんでポケットにないないしてるわけだ。

でもそれにめげずに俺は次の弾を装塡して相手をぶっ殺すけれど、神様としてはトライせずにはおけなかった、ということなのかもしれない。

ふ。

俺は神をずいぶんガッカリさせてるだろうか？

でも俺が森で撃つ動物たちにはそんなことは起こらなかった。神がいるなら、罪のない動物にこそその介入を行うべきじゃなかったのだろうか？

飯にするなら神は殺しを許容するのだろうか？

神は人類を贔屓するだろうか？

わからない。神様について疑っても答えはやはり出ない。

「人間の持つ超常的な防衛能力とかじゃないのかね」

と言う奴もいて、俺はそれが気にいる。

自分を狙う弾を、スーパーパワーで消してみせるなんてかっこいいじゃないか、人間。

そういうことならいい。

俺の弾はよく当たるから、ちょっと一方的で申し訳ないような気分がないとも言えなかったから、人にそういう能力があるならある程度秤は平衡に近づいた気がする。フェアとまでは言えないけれど、まあ相手だって無抵抗というわけじゃない、というような。

で、相変わらずいろんな戦場で人を撃っているときに、警察から電話がある。三百キロも離れたどこかのど田舎で人が倒れ、心臓から俺の弾丸が摘出されたらしい。

3

俺は自分の手元の弾丸を数える。数に不自然なところはない。誰かが触った気配もない。自作と言っても組み合わせなんてたかが知れてるんだからどうして俺の弾だと断定できたのか訊いてみる。

「旋条痕だよ。あんたのライフルの溝と一致してる」

じゃあ俺が撃った弾ということになる。

でも距離が合わない。

俺のアリバイを証明する仲間もいる。俺の銃も俺と一緒にいた。

「いや、こちらもあんたがそいつを撃ち殺したとは思ってないんだ。そいつの心臓から弾は見つかった。でもその弾は心臓を破って中に入ったんじゃない。その男の胸にも銃創はない。その男の死因は銃撃によるものでもなさそうだ。心不全だ。……まあつまり、心臓が止まったという現象以外に死因が判らんということだが」

どういう意味だ？

「心臓に傷はなかったんだ。どうやって弾丸がそこに入ったのか、謎なんだ。血管はライフルの弾丸を運ぶほど太くもないし丈夫でもない」

その通りだ、と思って俺は言う。

「検死にあたった医者を調べろよ。そいつが俺の弾をどっかで拾って心臓で見つかった、みたいな話をでっち上げたんだ」

「……そんなふうには疑ってなかったが、その必要もないだろう。検死は一人でなされない」

「二人いたんだったら二人がグルなのさ。三人だったら三人。俺の弾が何かの悪ふざけに使われてるんだろう？ 気分が悪いからそいつらをとっ捕まえてくれよ」

「悪ふざけって雰囲気でもない。あんたに感謝してる人たちがこっちの町にはたくさんいるよ。死んだ奴だが、とんだゴロツキだったんだ。小屋に檻を入れてて、そこに自分の弟とその奥さんを鎖でつないでた」

俺に感謝？

俺の弾が見つかったから？

俺が何らかの奇跡を起こしてその外道をぶっ殺したってふうに誰かが信じてるのか？

「まあそういうことだ。極限状態まできつい思いをしてた人間は幸運を信じず、神を信じる」

ハハハ。俺の身には何の覚えもないが、誰かが救われたって話にイチャモンをつけたくはない。

「ともかく俺は関係ない。そのことは証言してくれるか？」

「もちろんだ。こういうことがあったということをあんたに知らせておきたかっただけだよ」

「じゃあな」

「これからまた戦場かい？」

「今もずっと戦場だよ」

「そうか。手を煩わせてすまなかったな」

「小屋の檻を捨ててくれ」

「ああ。そうする」

電話を切る。仲間には電話の内容は教えない。こっちだって極限状態っぽい感じになることはあるし、確かに幸運よりも神を信じそうな奴もいるから、俺の弾丸に妙な信仰を持たれても困る。

俺の弾は俺の腕で当たるのだ。神は関係無い。

でもそれから俺の弾丸は国のあちこちで見つかり、国の外でも見つかる。常に止まった心臓の中から。そして常に、ろくでもない悪人の中から。

男の子をレイプして殺して自分の家の裏山の奥に十三人も埋めてた教師が授業中にパタリと倒れ、俺の弾が心臓から見つかる。

アパートの隣の部屋の七十代の婆さんを殺して犬に食わせていた女子大生の心臓からも。

密入国の手伝いの途中、船にぎゅうぎゅうに乗せていた中国人たちを面倒になって海に落としていた犯罪組織のチンピラは三人揃って倒れたらしいが、その汚い三つの心臓からも。

「あんたのことを疑うわけじゃないんだが」

と言いつつも、心臓から見つかる俺の弾丸の報告を共有しているらしくて、

「一体全体何が起こってるんだと思う？」

と俺に訊いてくる。

「知らねえよ。俺は完全に巻き込まれてるんだ。上官にも確認は取ってあるんだろ？もうこの件について俺は何も話したくないし、聞きたくもない」

面倒臭いんだ。

俺は敵を倒す仕事をしている。

悪人を殺すことではない。

俺だって悪人は一人でも多く死ねばいいと思う。その命令が来たら喜んで俺は撃つだろう。

ただ自分でやってないことをやってると思われることがこんなにも煩わしいなんて。

で、軍隊内でも噂になってるらしくてスポッターが余計なことを結びつける。

「あんたの撃つ弾が空中で溶けたあれ、あれは消えたんじゃなくて、遠くの悪い奴らのところに届いたんじゃねえのか？」

うるせえ、うるせえ、うるせえよ！

俺の弾は俺のクソなんだ！

勝手に奇跡に巻き込むんじゃねえ！

俺はスポッターに一言
「違います」

と言い、その話を流すけれど、鬱陶しいことに俺はそれが間違いであることを確かめたくなる。

俺は自作の弾に油性ペンで番号を書き込む。

で、仕事を続けてるうちにまた弾が消える。

28番。

それから二週間の間にもう二発消える。

57番と81番。

こうやって番号を振ってみると本当に三十発に一発くらいなんだなと実感するが、

さて、その後また今度はＦＢＩから電話がくる。

おいおいアメリカまで届いたのかよ？

「君が奇跡のスナイパーか」

とＦＢＩの捜査官が言う。

「ふざけないでくれ。今度はどんな悪人だった？」

「連続殺人鬼《顎抜き》だよ。聞いたことあるか？」

「ない」

「一昨年映画化されてる。見てみるといい。そっちにもネットフリックスはあるか？」

「知らない。テレビは見ない」

「テレビっつーか、そうか。まあいい。今回犯人が判明したことでハリウッドはもう一度映画にするだろう。あんたのことも知りたがってる」

「俺は関係無い。そんな話に俺の名前を絶対に出さないでくれ」

「はっはっは。ところで、君、『57』って青いペンで書いたのは、君自身の確認のためだろう？」

「……」

「凄え話だな。本当に凄い。ファック。座ったままここでした小便がそっちのジャングルにまで届いちまいそうだぜ」

「……その殺人鬼は……」

「《顎抜き》だ。生きたまま人の顎を取り外しちまうんだ。で、その血まみれの喉でイラマチオするんだ」

　イラマチオという言葉は初めて聞いたが、大体何のことかは想像できる。

「無茶苦茶だ」

「その通り。でもこいつを捕まえるために捜査官が大勢必死に働いてたし、それがなかなか叶えられなかったんだ。あんたが奇跡の弾丸を心臓に送り込むまではな」

「……俺は何もやっていない」

「銃を撃ってるんだろう？」

「ああ」

「で、その弾がオハイオに届いたんだ。あんたに獲物を取られて悔しがってる捜査官もたくさんいるが、奇跡には敵わない。ハハハ。だから、あんたは銃を撃ち続けてくれればいい。あんたが優秀な狙撃手だってのは聞いてるよ。引き続き仕事を頑張ってくれ」

「俺の仕事は国の仕事だ。外国人にそんなふうに言われる筋合いはない」

「うん、その通りだ。でもその弾は、こちらの国で正義をなしたりもするんだ」

「その正義も俺には関係ない」

「OK。ともかく事実を伝えたかっただけなんだ。君が数字を書いたことも、この報告がなかったら意味をなさないだろう？」

その通りだ。「でも別に俺はこんな報告に感謝なんかするつもりはない。《奇跡》なんかの前に自分たちで悪い奴を殺せよ」

「裁くんだ。こっちでは悪人を裁く」

「どうでもいい」

「だろうな。ともかくファックユー&サンキューだ、アミーゴ」

「俺はお前のアミーゴじゃない」

「ハハハ。じゃあな」

電話が切れる。

俺は便所でゲロを吐く。《顎抜き》？俺が殺したのか？そうじゃないが、俺の弾がそいつの心臓に入ったのは良かったことだろう。

駄目だ。そんなふうに考えるのは間違えている。

俺は奇跡なんて信じない。俺の弾がそんな遠くに届くことも、知りもしない場所にいる知りもしない殺人鬼を殺したりすることもない。

俺は弾に書いた数字を消す。

俺の狙撃には正義も悪もない。

仕事があるだけなのだ。

でも、と考える。人を撃つことは、戦場の命令であっても悪だったりするだろうか？

俺は撃った相手を喰わない。

相手の皮も剝がない。何も利用しない。

戦場で人を殺すことは命を奪うことの原則から外れた行為だろうか？

やめろ。

引き金を引くときに余計なことを考えることは狙撃の邪魔にしかならない。

狙撃の腕が落ちれば、敵を利するし、それはつまり俺の仲間を殺すことにつながる。

考えるな。

考える必要はない。

なぜならもしここで俺のなしてることが悪であって、だからこそ奇妙な形で遠くの悪人を殺して正義をなしているのなら、それは世界がバランスをとっているということであって、そういうことならそういうことでいい。俺はそういう均衡という構造が好みだ。

俺が遠くでなしてることもここで行っていることも両方善も悪もない、ただの人の営みである、というふうな考え方のほうが俺の感覚にはあっているが、それは俺がそうあって欲しいと思ってる世界のあり方ってだけかもしれない。

しかしながら実際は、俺のやってることはここでもどこでも全て悪であって、その積もり積もった悪行が最後に空中で消えた全ての弾丸を28番も合わせて俺の心臓に届け、俺は死ぬのだが、それを俺はまだ知らない、ということでもいい。

俺はどう死ぬかなんて考えたこともないし、それが何がしかの意味を持つような気もしない。

俺は生きた。撃った。そして死ぬ。

殺したなら殺されるのかもしれない。

救けたとしても、救けられるように死ぬとは限らない。

どうでもいいんだ。俺はどうなってもいい。

大事なのはスコープの中の十字にもう一本の柱を立てて向こうにいる相手を吹き飛ばすことだけなのだ。

落下

1

引っ越してきたマンションでその日の夕方、運び込んだ荷物を開きつつお母さんはご飯の用意をしていてお父さんは
「これ今日全部出すのは無理だぞ」
と笑いながら言ってダイニングに座ってプシュ、と缶ビールを開けて飲み出してお母さんが
「ちょっと！明日月曜日で仕事だから残りはもう任せたみたいにしようとしないでよね！」
と怒る。
「えーだって無理じゃない？家んなか中途半端に開けた段ボールでパンパンになるだけでしょ」
とお父さんが言うとお母さんが持っていたフライ返しをフライパンの上に一旦置い

てからフライパンをガシャン！とコンロに叩きつける。

私も弟もお父さんもギョッとする。

「じゃあ中途半端にせずにちゃんと片付ければいいでしょ？この荷造り、あんた、参加してなかったよね？だからどこに何あるかわかんなくて面倒なんでしょ？でもね、ちゃんと段ボールの表と脇の二箇所に書いてあるからね？」

「……えー……わかったわかった。けど何が入ってるのかわかってもどこにどう片付けるべきなのかはよくわかんないから訊いていい？普段の使い勝手とかってあるでしょ？」

「普段の使い勝手はあんたにもあるでしょ？なんで私がうちのこと全部仕切る前提で喋ってんの」

「や……ヤブヘバス！」

とお父さんが素っ頓狂なことを言ってごまかしつつビールを飲み飲み片付けを続ける。私と弟はもうお母さんが怒ってお父さんがちっちゃくなりつつそそと従う空気に慣れてるので気にならないと言えば気にならないけど、せっかく引っ越してきたのにうちは相変わらずなんだなあと思う。

心機一転素敵な家族、って感じにはならないのか。

それから

ドーン！


と大きな音が聞こえて少し床が揺れる……と言うより震える。

ビリビリ、と。

「何今の」「雷？じゃないよねゴロゴロないもんね」「なんか爆発とかしてない？」「ガス爆発？」「そんなの最近あるのかな」「最近とか関係ないだろちょっと外見てみて」「火……出てないね」「玄関からも見てみて」

私が行く。

ドアを開ける。

何を探したらいいのかよくわからないけど私たちの引っ越してきたマンションから火とか煙が出てたりはしていない。同じマンションの別の棟も見渡すが、特に異変はない。マンションの他の住人のひとたちも出てくる。

「何今の？」「事故かな」「車でもぶつかったんじゃない？」「何か見えます？」「や〜見てるけど、何も見えないですね」「アラームも鳴りませんし、火事とかじゃなさそうですね」「何かタンスでも倒れたのかね」「あんなおっきな音する?」「いや知らないけど」

夜の九時半で、皆忙しいらしくて自分たちのドアの中に戻っていく。私も弟と一緒に戻る。

「何か見えた?」

とお母さんが訊く。

「別に」

「何かあったら警報とかベルとかが鳴るもんよ」とお父さんが何故か得意げに言う。

「あはは。大丈夫大丈夫」

「タンスじゃないかって」

と弟が言う。

「タンス?何のこと」

「タンスが倒れた音じゃないかって、他の人が言ってるの聞こえたの」

と私がお父さんに説明する。

「タンス~⁉ないない!知らんけど!」

と言ってお父さんが笑う。

なんとなくカチンときてタンスも倒れ方によっては大きな音がするだろうし、知らないならないない！なんて否定の仕方はできないんじゃないの、と思うけど、言っても仕方がない。

それから荷物の片付けを終えて遅めのご飯を食べて、お風呂に入って寝る支度をしていたら普段より遅くなっていて、まだ起きていたので、外の騒ぎに気づく。

「あんたらは来なくてもいいよ」

とお母さんが玄関で言って、でも無視して出る。外の雰囲気は変わっている。さっきよりもずっと大勢の住人のひとたちが通路に出て下を覗き込んでいて、私たちも見るとパトカーが三台四台……五台も来ていて、救急車もいて、私たちのマンションの中庭の一角に青いビニールシートが張られている。

「何も見えないよ。もう中入んな」

とお母さんが言う。

「何？」

と私が訊くと、下を覗いていたお父さんが言う。

「飛び降りだって。何も見えなくて良かったたな」

「え？」

「飛び降りってどこから？」

「高いとこだろうな」

「なんで？助かった？」

「自殺だろ。助からないように飛んだはずだから助かってないだろうな。あそこの青いビニールシートの中で亡くなってると思う。もう病院に運んでも仕方がないから、慌てて救急車に乗せてない。亡くなった場所の様子をいろいろ調べるのが優先になったんだろうな」

「自殺……」

私は後ろを見る。弟はお母さんのそばにいて何も見ていないし何も聞こえていないだろう。

「自殺って何で？」

「そりゃいろいろ理由はありえるだろう？」

「そう？」

「うん。……まあでも、そんなことは君は考えなくてよろしい」

自殺しなきゃいけない理由なんてそんなにたくさんあるかな？

よくわからない。私の知ってる人とかで自殺した人なんていない。

「お父さん、中入ろ」

と私は言う。

「うん。もうちょっとしたらね」

「なんで見てるの？」

「うーん。なんで誰かが死んだんだろうなあ、と思ってかな」

「そんなのわからないんでしょ」

「わからないなりに考えてるの」

「見てなくても考えられるでしょ」

「そうだろうけどさ」

「ダメだよ、死んだ人見ちゃ。かわいそうだよ」

「死んでる人だよ」

「でもかわいそうでしょ」

「……そうだね。見られたくないよね」

「そうだよ」

私と一緒に家に入ったお父さんが弟といるお母さんに
「さっきのドーンって音の謎が解決しちゃったな」

と言う。

「えっ」

と私が言うのとお母さんがお父さんを睨むタイミングが揃う。

「あ、違う違うタンスだった」

とお父さんが取り繕うけれど私は聞いていない。

そうか。さっきの大きな音は人が地面に落ちた音だったんだ。あんなふうに大きな音を鳴らすんだ。地面と比べると人は小さいからもっとポトン、みたいな感じだと思ってた。いや想像したことなんてなかったけれど、なんとなく。

思ったより人は重いんだな、と私は思う。

それから気づく。

そう言えばさっき救急車も来てたけど、落ちた人……飛んだ人は、あのドーンの音のときにまだ生きてた可能性もあったんだろうか？

そうだ。高いところから飛んだからって死なない人もいる。地面が硬いからってちゃんとすぐに死なない人もいるんだ。

じゃああの青いビニールシートで囲まれてた、整備はされてるけれどお花畑として飾り立てられてるってわけではない、ツツジとかが植えられてるだけのコンクリートばかりの中庭で寝っ転がって、死ねないまま夜空を見上げてたりしたんだろうか……？

いやそれどころか、音に驚いて通路に出てきた人たちを、暗がりの中から見てたかもしれない。

私のことも。

私は怖くなり、お母さんと一緒に寝たいと言う。

弟もすでにお母さんのところに来ている。

「お父さんと一緒に寝るか」

とお父さんが訊くけれど、お父さんとでは安心できない気がする。

お母さんと同じ大人だけれど、お母さんとは違うのだ。

「いいよ。お布団持っておいで」

とお母さんが言う。弟と二人で入るとお母さんたちの寝室が狭くなったのでお父さんは私たちの部屋で寝ることになる。

「私のベッド使わないでよ」

と私が言うとお父さんが笑う。

「はーい了解です。お父さんはあっちでみんなのこと守ってるから安心して寝な」

そんなこと言ってお父さんはただぐうぐう寝るだけだろうと思うけど、ちょっとほっとする。

それからお父さんはお母さんに言う。

「段ボール片付けて正解だったね。おやすみ」

お母さんも言う。

「おやすみなさい。また明日ね」

「うん」

それから私たちの部屋に行ったかと思ったらギッ、と玄関のドアの開く音が聞こえて、また見に出ちゃったのか、と呆れるような腹が立つような気分になるが、すぐに戻ってくる。

「警察も帰ったし、救急車もないから、もう全部片付いたな」

とお父さんの声が聞こえる。

そうか、と私は思う。じゃあ飛び降りて死んだ人もいなくなったのか。

良かった。

2

次の日、私たちは新しい学校へ新しい道で行って帰り、お母さんと夕食を食べ、風呂に入って寝る支度を整え、ベッドに入り、寝る。

もう夢を見始めていたと思うけど

ドーン！

という音で目を覚ます。

あれ？何の夢を見てたんだっけ？と探るけど思い出せない。

部屋の奥のベッドで弟も目を覚ましている。

「怖い夢見てた」

「何かおっきな音した？」

「した。わかんない」

「お母さんとこ行く？」

「行こ」

私と弟がベッドを降りたところで部屋のドアが開く。お母さんだ。

「起きちゃった？部屋にいな」

お母さんが部屋の電気をつける。

「どうしたの？何？」

「わかんないけど、家の外の様子見てくるから」

「何か大きな音した。お母さん一緒にいてよ」

と弟が言う。私もそうして欲しい。

お母さんがドアを開けたままで少し迷う。

「怖い夢見た」

と弟が言う。

「そう、でも夢だよ。もう起きたから安心しな」とお母さんが言う。「ちょっとだけ外確認するだけだから、お姉ちゃんと待てる？」

「嫌だ」

と言う弟は半泣きだ。

「お母さんここにいてよ。私が外見てくるから」

「ダメだよ」

「大丈夫だから」

「ダメ。じゃあみんなでここにいよ」

お母さんが中に入ってドアを閉める。

弟がほっとした顔をする。

私が訊く。

「どうしたの？」

「わかんない」

「おっきな音したよね」

「……したね。でも何だかよくわからない」

すると弟が言う。

「また人が落ちたんじゃない？」

ぞくっとするが、あ、それだ、と思う。同じ音だ。

「ふた晩続けて？それはないと思うけどな」とお母さんが言う。「変なこと言わないの」

「今何時？」と私は訊く。お母さんが返事をしないので私はベッドの脇の時計を見る。9時43分。「憶えてないけど同じくらいの時間じゃない？」

「うーん。そうかもね。でも、もうやめよう、この話。みんなでここで、楽しい話しよう」

「その方がいいよ」と弟が言う。「怖い話嫌いだし。……トイレ行きたい。お母さんついてきて」

思わず笑い出しそうになるがお母さんの視線を感じて堪える。

「じゃ、トイレだけ行っとこうか」

とお母さんが弟を連れて部屋を出てったので、私もそっと出て、トイレに二人が消えたのを確認して玄関に向かう。

ちょっとだけ様子見ておこう。

またいろんな人が出てきてるだろうし、とりあえず何があったのか訊いておこう。と思っていたのにドアを開けて通路を見るが誰もいない。ドアも全て閉まっている。あれ？と思う。おっきな音を聞いたのがうちだけだってことあるかな？

でも私と弟が飛び起きたくらいだったし、お母さんも心配そうな顔してたんだから、そんな音が他の人には聞こえてないなんてことあるかな?

私は通路の向こうの手すりから下を見る。

昨日の青いビニールシートで囲われてたあたり。

暗がりには何も見えない。が、黄色い線が水平にゆらゆらと揺れている。警察の人が張った入っちゃダメっていうテープだ。

あ、でも暗くて何も見えなくて良かったんだ。もしさっきの音も飛び降りの音だったとしたら、あそこには別の人が転がってるのかもしれない。

うん?

あ、でも似たような音が聞こえたからって、全く同じ場所に飛び降りてるなんて想像おかしいか。

でも続けて飛び降りるなら、昨日の人を追っかけてるってことになるんじゃないかな?だとしたらやっぱり同じ場所で飛び降りたりするかも。

でもどちらにしても死んだ人なんて見ない方がいい。

かわいそうだから、とお父さんに言ったのを今さら思い出して私は顔を引っ込める、が、それからL字に曲がったマンションの三階ほど下の通路に人影らしきものが見えて、あ、私以外にも人がいた、と思って顔を戻してちゃんと見直して、ギョッとする。

ぼんやりと人の形をした真っ黒の影が通路を歩いている……というより、ふにゃふにゃと揺れながら滑っている。

あ、怖いやつだ、と一目でわかる。

私は慌ててまた頭を引っ込める。

怖い怖い怖い。

でもそれでわかった。先に通路に出た人はあれを見たんじゃないかな？で、怖くて隠れている。みんな揃って。私以外は。

私も戻る。足が震えだすのがわかったので焦るが、尻餅をつくのは玄関の中だ。ドアを閉めると胸がドキドキして苦しくなって泣いてしまう。悲しいも何もないのに、ただ震えながら、声もなく涙が溢れて出てくる。

怖い怖い怖い怖い怖い怖い。

「わあああああ」

とトイレの前で弟が、多分私の様子を見ただけでいきなり泣き出してしまう。

「立てる？あんた、大丈夫？」

とお母さんが弟を抱っこしながら訊く。

私は首を振る。

「オッケ。わかった。お母さんがそっち行くね」

弟を右手に抱いたままお母さんが玄関に来て、私も抱っこされる。ふわ、と体が浮く感じ、久しぶりだ。お母さんは暖かい。弟は泣いてるせいで凄く熱い。でもお母さんに抱きついてる手が私の肩に当たるけどべちょっと濡れててこいつトイレで洗った手ちゃんと拭いてないなと思いながら、私は息を整える。

ふう、ふう、ふうううう。

体がブルブル震えてて、それがお母さんに伝わるのがまずいと思ったのだ。

「大丈夫大丈夫。もう家の中だからね」

と言われて思い出す。

鍵。

「おか、お、お母さん、お母さん、玄、玄関、玄関鍵、玄関の、鍵、かけてないかけてない」

お母さんは全部聞く前に玄関に戻っている。

「お姉ちゃんのバカあああ！」

と弟が言う。

だって、と言いたくなるけれど、言わない。私の失敗だ。

ガチャン、とお母さんが手早くロックをかけて素早く廊下を行って私たちのところに戻る。

「お父さんに電話して」

と弟が言うが、

「ダメ」と私は慌てて首を振る。「このマンションの廊下に怖いのがいる」

鉢合わせになったらまずい。

すると弟がまたわあああああ！と大きな声をあげて泣き出す。

「静かにして」

と私は思わずきつく言うが、私たちを抱っこしたままのお母さんが二人同時にぎゅうっとして
「さて、ここで三人で力を合わせるよ。いい？」

「うん、」

と私は言い、泣いている弟を見つめて待つ。

「う、う、うん」

とヒックヒックやりながら弟が頷いたのでお母さんが言う。

「じゃあ三人でぎゅーだ。力を合わせるには、まずここでぎゅーし合おう。三人の力をお互いに分け与えるよ。いい？お母さんの力、二人に届け〜〜〜！」

ぎゅううううう。

「お母さんは幸せな気持ちを二人に届けてます。あったかい？」

「あったかい」

と私が言うと、弟も続く。

「あったかいいいい」

「もっと届け！もーっと届け！あったかい？」

「あったかいよ」

本当に暖かい。

「あったかいいいいあはは」

と弟も笑う。

「よし！」とお母さんが体を離す。その代わり私たちの手を握る。「じゃあ力を合わせたまま、まずお部屋に入るよ。それからドアを閉めて、それで床に座ります。そんだけ。できる？」

「できる！」と弟が言う。

私も頷くのを見てお母さんが立ち上がる。

「できるね。よし。行こう！」

それで三人で私たちの寝室に入る。私はドアを閉め、床に丸くなって座る。

「できた！じゃあ楽しいお話しよう」

私たちはクリスマスの予定を立てる。お正月におじいちゃんとおばあちゃんたちに会いに行く旅行についてもたくさん話す。そうしているうちに弟が眠くなってお母さんの膝の上に頭をのせて寝る。

「怖い話、していい？」

と私が訊く。

「うーん。しない方がいいんじゃない？」

「したい」

「そう？でもある程度ね。明日も学校あるから早く寝ないといけないしね」

「わかった。さっき外で見たものの話」

「うん。何だった？」

「黒い……」

言いかけて、言葉が止まってしまった。あれ？と自分でもどうしてだかわからなくて続けようとするんだけれどもう何も言えなくなってしまった。

「何か、黒いものがいたのね。いいよ、もうそれ以上話さなくても。それはびっくりしたね」

　私はうんうんうんうんと何度も頷いてしまう。

「でもうそれは怖がらないでおこう。怖いものってね、怖がる人に近づいてくるからね？嫌なものが、嫌がる人に寄ってくるのと同じなの。この世には怖いものとか嫌なものがたくさんあるし、それはなくならないよ？それはそれでいいの。怖いものも嫌なものも、理由があってあるからね。それ自体は大事なものだったりするの。勉強って嫌なものでしょ？」

「別に勉強は嫌じゃないよ」

「あらそう？」

「でも体育はちょっと嫌かな。マラソン大会とかは、嫌」

「ははは。そうですか。でも嫌なことって嫌だともっと嫌になるって、あるでしょ？」

「あるある。あれって近寄ってきてるってこと？」

「匂いと同じだよ。近寄ってるから匂いがキツくなる」

「ほうほう。じゃあどうしたらいいの？」

「嫌だけど、体育もマラソン大会も、ある理由はわかるでしょ？」

「まあね。でもマラソン大会はなくても誰も困らない」

「困るのに気づかないだけで、困るよ。長い距離を走る体力は必要だよ」

「走らないじゃん」

「いざというときだってあるからね。備えておかないと。それに体力はいろんなものに繋がってるよ。何か好きなことをするときにも体力って使うでしょ?遊びだって、勉強だって、読書だって、お絵かきだって」

「ああ、なるほど。ほうほう」

「ふふ。全部そうなんだよ。これから学校では『こんな勉強したって意味ないじゃん、使わないのに』みたいに思うことをたくさん勉強していくけれど、それも同じだよ。全部繋がってるの。そういう勉強をしたっていう知力を使ってこれからを生きてくの。難しい計算をそのまま使うってことじゃなくて、それができるっていう力を使うの」

「そうか」

「勉強も体育もマラソン大会も、それをこなす力をつけるの。で、怖いものも同じ。

それをこなす力をつけていけばいい。嫌がらずに、怖がらずに」

「うん。で、どうする？」

「この場合は、ここでじっとして、怖い時間が過ぎるのを待ちましょう」

「えっ⁉そんだけ⁉」

「だって私もお姉ちゃんも怖いことの一年生みたいなものでしょ？まだいきなり難しいことはできないよ。算数だって突然分数を習ったりしないでしょ？」

「まあね」

「最初は怖いものから身を隠して、怖くない怖くないって思うこと、怖いから違う話しよう、で大丈夫」

「ほうほう」

「あはは。お姉ちゃんならできるね？」

「できるよ。怖いと思うのは、しょうがないよね」

「うん。しょうがない。でも怖い怖いと思うともっと怖いし怖いものが近づいてくるから、怖くないと思うことにしよう。違う話しよう」

「黒い人が近づいてくると嫌だからね」

「人か。人の形してたんだね」

「うん」

「よし。怖くない怖くない」

「怖くない怖くない」

「怖くない怖くない」

「怖くない怖くないあはは」

もちろんまだ怖い。でもそれでいい。

それからあははあははと怖いまま笑ってて、お父さんが帰ってくる。

「え?そんな、怖いことがあったなら電話頂戴よ」

と言うのであれ?やっぱりそんなのありだったの?と思いつつ
「でもお仕事から帰ってくるの大変でしょ」

と私が言うと
「いや帰れないけどさ。怖いのが消えるまでお父さんも帰らないってことができたでしょ?」

「えっ!私たち放っといて?」

「あ。それは人聞き悪いなー。電話するよ」

「ちょっと!あはははは!」

お父さんが帰ってきたとき、マンションにはパトカーとかはなかったみたいだ。
でもそれが、来て帰ったのか、来なかったのかはわからない。

次の日の9時20分頃にも

ドーン！

はあるが、私たちは玄関の外に出ず、ドアの鍵をかけて私たちの寝室に閉じ籠る。
弟はまた泣くが、すぐに泣き止んでまたお母さんの膝の上で眠る。
怖いのがいるのは、怖いと思う人がそこにいるからだろうか？
怖がる人たちは私たち以外にも大勢いるから、その次の日にもまた

ドーン！

は続くのだろうか？

3

続く。

毎晩大体同じくらいの時間にドーン！って音が響くが、その時間帯はマンションの人たちは自分たちの部屋の中でじっとしている。黒い人影の噂もあるらしいのだが、皆怖くてその話はしたがらない。警察は最初のうちのしばらくは来ていたが音の正体がわからないし遺体なども見つからないので最近は来ないそうだし呼ぶ人もいなくなったらしい。ドーン！の音を警察と共に待ち構え、録音・録画しながら警官とともにマンションの中庭をうろうろ見回って、黒い人影をバッチリ収めたと思ったら追いかけ回されて凄く怖い目に遭った人もいるらしくて、けどその画像を後で確認したら何も撮れてなかったって話だ。

合同の説明会も開かれるって話になるが、お化け話を認めたくない人たちとその真偽はともかく物件価値が下がるのが嫌な人たちの反対があり、管理会社も実態を把握できなくて説明できることがない、ということで延期が重なってるんだ、とお父さんが笑って言う。

いろんな人が引っ越していく。

「うちはどうするの？」

と私が訊くとお母さんが
「ここに住むの、怖い？」

と逆に訊いてくる。

実はそこがよくわからなくなってしまった。

「最初は怖かったけど、最近は何かもう慣れちゃった」

「そっか」

「俺もう音とか気にならなくて寝てるし、エレベーターとか階段とかにも何も出ないから、別に良いかな」

と弟も言う。

「わあ。二人とも強いねえ」

とお母さんが言うけれど、ほんの最近引っ越してきたばかりだからまた引っ越したいなんて言うとお金がまたかかるからなと私たち二人とも思うのと、ここに引っ越してきたのも私たちに自分たちの寝室を与えるためだってのを知ってるから遠慮してるんだし、そのことをお母さんも気付いてるっぽい。

「でも怖いかどうかはともかく、安全かどうかが問題だから、やっぱり夜に引き籠らなきゃいけない、外に得体の知れないものがうろうろしてる、みたいなのは困るし、できるだけ早く引っ越そうね」

お父さんは
「お金ないからな〜〜」

とずばり言う。

もう……。

お父さんのノリに引っ張られて弟は笑ってる。

「や、だってこのマンション、今絶対売れないでしょ。ローン抱えてもう一軒買うってのもしんどいしな〜〜」

「お父さんはお仕事でほとんどお化けの時間にいないから平気なんでしょ」

と私が言うとお父さんは目を丸くして
「まさか！みんなのことが心配で心配で仕方がないよ！」

とわざとらしく言って私たちは苦笑するしかない。

が、ある夜お父さんが家に慌てて飛び込むようにして帰ってくる。ゼエゼエ玄関で座り込んで
「うえええ。肺の中から血の味がする……」

と言う。

時計も見ずに帰ってきて、ドーン！の直後にマンションに入り、うちの階でエレベーターを降りたところで黒い人に出くわし、うちのドアまで五十メートルほど猛ダッシュしたらしい。

「おい。あれ、怖いぞ」

とお父さんが玄関に寝転がって息を整えて言う。

「知ってるよ。言ったじゃん」

「いや、言われてもわからなかった。ごめんごめん。あれはな、怖いぞ」

「あはは。知ってるって」

「怖かった〰〰」

「危なかったね。もうみんなこの時間帯はこの辺歩かないってちゃんと身についてるかと思った」

「会社にいて全然身につかなかったよ……」

「だね。ご飯あるよ」

「うん。もう寝る？」

「寝るー。おやすみなさい」

「あ、でも待って。ちょっとお父さんと付き合ってくんない？」

「何？」

「これからお父さん晩ご飯食べるけど、あのお化けについてお母さんとお姉ちゃんから話聞いておきたい」

え？私たちは特に新情報を持ってたりしないけど……と思いながらダイニングで話すと、別にこれまでどおりの基本的な話をするだけで、お母さんがふう、とため息をつく。

「あんた、今の話全部私がすでにしてることだし、毎日みんなで話し合ってることなんだけど……自分が実際に怖い思いをするまでほとんど聞き流してたんだね」

「ごめんなさい」と素直にお父さんが謝り、テーブルの上に手をついて頭を下げる。

「みんなで怖い話してキャッキャ楽しんでるんだと思ってた」

「何言ってるの。最初に実際人が亡くなってるでしょ」

「うん。だから、不謹慎な遊びをしてるなって……」

「あんた私たちがそんなふうな人間だと思ってたの？」

「そうじゃなくて、同じマンションで人が飛び降りたっていうショックを、妙な形で霧散させようとしてるんだろうな、微妙なバランスでそれをやってるかもしれないから俺は口出しせずにそっと見守るかな、と思ってたよ」

するとお母さんがちょっとだけ呆気にとられた後で爆笑する。

「あははは！あんたって無神経な割に変なところで気を遣ってて、それが頓珍漢なんだねえ……！あはははははは！」

「どうやらその通りだね」

とお父さんもしょんぼり言う。

「良いよ良いよ。で、それでどうする？」

「対処します」

うん？対処？と私は思うけどお母さんが今度はテーブルの上で頭を下げる。

「よろしくお願いします」

それで私はもう寝なさいと言われて寝室に行く。弟は電気を消した部屋でぐうぐう寝ている。ちょっと前までは明かりをつけて誰かが一緒じゃないと眠れなかったのだけれど。怖いことにも慣れるもんなんだな、と思いながら私も自分のベッドに入る。

私もすぐ眠れるので、私もそれなりに図太いのかもしれない。

それから次の朝、起きるとお父さんがもう起きていて、今日は仕事をお休みすると言う。朝ごはんを食べていると玄関のチャイムが鳴って、お母さんが出て、知らないおじさんを二人連れて入ってくる。二人ともお父さんと同じ会社で働いてる人のようだ。私もおはようございますとだけ挨拶をする。お父さんが
「おはようございます。朝早くにすみません。じゃあ、こっちで」

と言って書斎として使い出した部屋に呼び、三人で中に籠る。

それから学校に行き、帰ると、お父さんがリヴィングで、先に帰ってたらしい弟と座っている。

「ただいま〜」

「あ、おかえり。お姉ちゃんもこれから何か用事ある？」

「別に」

「じゃあ一緒にここに座ってくれない？」

「……何？」

ソファに座りながら私は訊く。

「訊きたいことがあります」

とお父さんが丁寧語で言うので私も思わず
「はい」

と返す。

「君たちが転校していきなり今回のことが起こりました。君たちの小学校にはここのマンションの子たちがたくさんいるし、小学生くらいの子供たちの感覚だと、君たちをからかう子がいてもおかしくないと思うけど、そんなこと、ありましたか？」

「え？ありません」

「そんなこと考えもしなかった？」

「……最初は怖かったけど、誰も何も言わないから良かったなーって思ってました」

「俺も〜」

と弟も言う。

「そうですね。でも怯えてはいたというわけですね」

「はい」

「お父さんも君たちがつまらない言いがかりをつけられたりしてやイジメられたりとか、そんなことが起こらなくて良かったと思います。でもお父さんが思うに、人は、特に子供のうちは、怖いことや嫌なことが起こったりしたときに、それを大した理屈もなく誰かのせいにしたりするのは心の働きとして言ってみれば自然なことだと考えています。誰かを責めることで自分の気持ちを発散したりするんです、みんな、ね。けど今回はそれが起こらなかった。それはここ周辺の人たちの性質が穏やかで理性的で異常な状況への耐性があるからでしょうか？」

「耐性って？」

「我慢強さです」

「お化けに？」

「そういうことになります」

「お化けに慣れるのはお化けがたくさん出るからじゃないですか？」

「その通りですね。お化けになんて、いきなり落ち着いた対応なんてできるはずがないんです。でもここらへんではそれができた。何故でしょう？」

「え〜〜？前にもお化けがいた？とかですか？」

「前にもお化けが出ていたら、今回のことについて君たちをからかう人は出てこなかったでしょうか？」

「……いや別のお化けだったら今回は今回で別の話か……。じゃあ、……あ、他の人はお化けの正体がわかっている？とかですか？私たちは引っ越してきたばかりで知らないだけで」

「ブリリアントです」

そう言ってお父さんはそばのクリアファイルから書類を出す。それには写真がいくつも貼り付けてある。

どこかの部屋だが、その玄関の周りもドアもすごく汚れているし、落書きや張り紙がされている。

「怖い」

「ですね。本来ならまだ小学生の君たちに見せたいものではないのだけれど……でも今回のことでたくさん学ぶことはあるから、お見せしておきます。お母さんにも渋々ながら了解はいただいております。……さて、この写真は、今回皆で引っ越してきた日に自宅の窓から飛び降りてしまった女の人のおうちの玄関の様子です。見たらわかると思いますが、その女性はこのマンションの住人の一部から迫害されてました。その迫害に参加せずに、かわいそうだと見守っていた人が抗議のために証拠として撮影していたものです」

「迫害って？」

と弟が訊くので私が教えておく。

「大人のやるイジメみたいなこと。で、それを苦にして死んじゃったってこと?ですか?」

「わかりません。が、その三日後の写真がこれです」

玄関がきれいに掃除されている。その代わりにドアの表面の凸凹がわかるようになったが。

「かわいそうに思った人が掃除してあげたの?」

「かわいそうに思っていて写真で記録していた人は、結果に怒っていて、悲しんでいて、迫害の事実を知らせるために玄関の現場を保存すべきと考えていたみたいです」

「え?その人が掃除したんじゃないってこと?じゃあ誰が……」

「迫害の事実を隠すために、加害者たちが深夜に行ったようです」

お父さんは望遠で撮られたらしい写真を出す。

おばさんたちが汚れた玄関と通路を掃除している。

「それを見つけた撮影者が、ビデオを回しながらこの人たちに詰め寄ったときの記録もありますし、文字起こしもしてありますが、流石にこれは割愛します」

「割愛って……?」

と弟。

「省くこと」

と私。

「さて、このように、このマンションの中では、迫害される人と迫害してる人がいて、皆の通る、皆の目につく、玄関と通路をこんなふうに汚すくらい大っぴらにそれは行われていました。その人が亡くなった夜に引っ越してきた家族のせいなんかにはできないほど何が起こったのかは明白だったのです」

「なるほど」

と私は言うが、それで私たちは助かった、ということだろうか？　いや誰も助かってなんかいない。

「では、次にこのマンションで起こってる二つの怪奇現象について。一つ目は毎晩のドーンという音。そして二つ目はマンションをうろつく黒い人影です。一つ目は今解決中です。ちょっと待ってくださいね」

お父さんが携帯を手に立ち上がって部屋を出て、廊下で誰かに電話をしている。

それから手招きをされ、弟と三人で玄関を出る。

「あ、見えた見えた。残念だけど解決の形は公平かもしれません」

携帯で話し続けるお父さんに促され、下を見下ろすと、パトカーが三台停まっていて、おまわりさんに連れられて若い男の人が乗せられていくところだ。

「そうですか。わかりました」と言ってお父さんが電話を切る。「あの人は音響関係のお仕事をしているエンジニアさんです。あの問題の夜にたまたま環境音の録音をしていて、飛び降りの音を収録してしまいました。マンションで起こってる迫害の経緯を知っていたあの人は、毎晩同じ時間に窓際にスピーカーを立てて、その音を大音量で流してたらしいです」

え。

「あ、あの部屋。見てごらん？」

二階の一室に中庭に向けて開けられた窓があって、そこに朝見たおじさんが一人立ってこちらに手を振っている。

そばに大きなスピーカーらしき黒い箱が見える。

何？

録音？……の再生⁉

そういうこと⁉確かに全く同じ音がしていたが……⁉

「それでビリビリしなかったのか〜」

と弟が言って

「何それ⁉」

と私は言いながら、自分で答えに辿り着く。

ビリビリ。

そうだ。

最初の夜、私は大きな物音とともに震動を感じていたんだ。

人が落ちたビリビリ。

それが次の夜以降はなかった！

「そっか。実際には人が落ちなかったからね！」

「その通りです」

「え？じゃああの黒い人は？」

「さてそこからこの話は怪談というより人間って不思議な力を持ってるんだなっていう驚きの話になります」

「え？」

「今は5時くらいでまだ明るいけど、このマンションは家族で住んでる人が多いから、結構もう帰宅してる人がいる。で、脅かすようで申し訳ないけれど……」

とお父さんがスピーカーの窓のおじさんに手を振ると、おじさんが手を振り返し

て、その直後少し屈んだと思ったら

ドーン！


とあの音を大音量で再生する。

「きゃあっ！」

と思わず私は耳を塞ぐが弟は白けた顔で私を見ている。

「あれはお化けの音じゃないんだよ？」

「でも人の落ちた音でしょ⁉」

「ごめんなさい」とお父さんが言う。「怖がらせるつもりはなかったんですけど……あ、ほら。見てください」

屈んでいた私は立ち上がり、見る。

五階の通路を、夕日の明かりの中、薄暗い人がゆらゆら歩いている。

「実験成功。でも……いつもと時間帯が違うから疑念も混ざっていて……ほら、すぐに消えてしまう」

とお父さんが解説する通りにその黒い影はほんの数秒、五メートルほど移動してからすうっと消えてしまう。

「何あれ!?」

とワクワクした顔の弟が訊く。

「あれは、言わば人の恐怖の塊です」

「え？」

「このマンションの人たちが怖い想像をして、それが集まって出来上がったんです」

私たちはお父さんとともに部屋の中に戻る。

お父さんが書類の束を出す。

「これはこのマンションのあの《黒い人》についての目撃調査です。ほとんどの人はその人影の色を黒と言っていますが、赤い血まみれの女の人、と言ってる人もいますし、青ざめた馬、と言ってる人もいます。人影の大きさも130センチくらいから200センチくらいまで幅が広い。つまり皆見てるものに違いがあります。お姉ちゃんが見た人影の身長は？」

え？

「私と同じくらい……」

「え？じゃあ140センチほどですね。お父さんが見たものはお父さんと同じくらい。175センチほどですか。自分の身長に似たものを見るのかどうかは別個の調査になりますが、ともかく、いろんなものを皆が見ているような、曖昧な存在なんです。……お姉ちゃん、さっき見たものは何センチくらいに見えましたか？」

「お母さんと同じくらい……？」

「お父さんもそんなふうに見えました。前に自分一人で見たものと変わったのは、ひょっとしたらその亡くなった人が女性と知ったから、それに引きずられたのかもですね」

「え？つまり、あのお化けはいないの？……つまり、幻覚とかなの？」

「いるけど、いないのです。聞こえるはずのない二度目の飛び降りの音を聞いて怯えた人たちが怪談を想像して、お化けっぽいものを作り出したんです。さっきのお化けがかすれていて、ほんの数秒しか持たなかったのは、怖い想像をする人の人数やその想像力の強さに関わるからでしょう」

「え……それ、本当？」

「事実です」

「いやそうじゃなくて、科学とか、そういうのですか？」

「事実です。どんな理屈にせよ、それは後からやってきます」

「そんな……」

と言いながら私はお母さんの言葉を思い出す。


怖いものってね、怖がる人に近づいてくるからね? 嫌なものが、嫌がる人に寄ってくるのと同じなの。


そして私は見たのだ。

「見たことが全てです」とお父さんも言う。「そして、これからこのマンション全体にこの事実を周知します」

そう言ってお父さんはお母さんが帰るのを待ち、会社の人と三人でマンションを回り、私たちに説明したことを繰り返す。

その度にドーン！ドーン！と大音量が響くしその後怒鳴り声や泣き声なども届くけれど、九時までにはその説明は終わったらしく、最後にお父さんたちの声かけによって住人が皆通路に出て、九時半くらいを待つ。

怖がらないで、とお父さんたちが拡声器で言い続けているうちに、そのときがくる。

何も起こらないときが。

皆が拍手して、お父さんたちが手を振ってお辞儀して、皆が部屋に戻る。

なんとなく全てがきれいになったような、暖かくなったような感覚があって弟と私はニコニコしているし、お母さんはビールの用意をしている。

「普段はちょっとあれだけど、仕事はできる人なんだよね」

とお母さんが笑っている。

電撃

1

積乱雲と呼ばれる女の子がいて、それはその子が中一の時点で180センチ近い長身でバカな男子がそれをからかったりして怒るのが落雷っぽく迫力があったのでそんなあだ名になったのだが、女子をそんなふうに呼ぶのはちょっと失礼というかいくら僕が同じくらいバカでも品位がなさすぎるような気がして使わなかったのだけれど、白碑将美《しらひまさみ》って妙にうまくあだ名をつける奴も同じ意見で、

「ほれを言うんやったらCbやわな」

と言った。

積乱雲を表す学術記号らしいのだが、僕らが中学生だったこともあってもうその瞬間からアラそれいいですねとなったし本人も

「あ、それはちょっとカッコいいでありやわ」

と言ったので皆にもあっという間に浸透したし、本人は『Cb』をモチーフにした

グッズとかTシャツを自分で身につけていた。そんなふうにデザインを作るのが好きな女子が友達にいたのだ。その子はシービーにしかそんなサーヴィスをしなかったけど。シービーはちょっとかっこいい女の子だったので女子にもモテていた。

シービーは勉強もまあまあできるしスポーツはちょっと異次元だし顔も整ってるので電車に乗って他の学校の子が男子も女子も見に来たりするようなマンガかよみたいな主人公人生っぽかった。バレーボールの夏の大会でいきなり県体で優勝に貢献したとか言っていよいよ特別感凄くてシービーマジで上昇気流、びゅうびゅうと実際に風が吹き込んでるみたいだった。

すげえなあ、とは思うし、一年のうちは割と男女の隔てなく接してくるシービーに話しかけられて少し喋ったこともあるし仲良くなれそうな予感もしたけれど全然そんなどころじゃなくなってシービーのきらびやかな物語のスジについていけなくなったのは石の世話があったからだ。

石、というのは見た目はもう全然普通完全な石で、僕が4歳のときに家の近くの星の川の河原で拾ってきたらしいのだが、憶えていないし、ちょうどお掃除ロボットくらいの大きさの平たくて丸い石なのだが二十キロくらいあるので4歳の僕が持って運べたのかよ、って疑わしいのだが、ともかく僕の家にあって、ばあちゃんがこれは神様のいる石だ、と言うのである。

実際ちょっと本当に普通の石とは違う。

夜とか誰も見ていないときに動いたりする。世話をしないと僕を責めるようにして僕のそばに来るのだ。トイレから出たら暗い廊下にあったり寝てる間に胸の上に乗っていてものすごく重かったり学校に来たり旅行先にも現れたりして僕も家族も最初は怖くて何度も捨てたのだけれど必ず戻ってきた。車で遠くに行って捨てて帰ったらとっくに家にあったりして、もう笑うしかなかった。お兄ちゃんが
「あははなんか不思議さが堂々としてるなあ」

と言って、その通りだった。もう少し何か神様っぽい何かがあれば僕も厳かな気持ちで向き合えたと思うのだけれど、その佇まいはまるで僕と同い年の子がいるみたいだった。

ちなみに神社にもお寺にも石を持ち込んで見てもらったのだけれど、そのときにはその石はシーンとして石らしく振る舞って僕らの方が《人騒がせな家族》みたいになってしまう。

それから皆が面倒になって石の世話は僕の仕事になった。

「最初っからあんたが拾ってきてあんたのこと追いかけまわしてるんやで、あんたが

やるしかないわな」

とお母さんも言った。５歳児に。

で、じゃあ世話というのはどういうことかというと、最初はばあちゃんが提案したように墓石みたいに水をかけたり花を供えたりしてみたのだけれどそれは全く気に入ってもらえなかったみたいだった。なんとなくの雰囲気でわかるのだ。それにその石には表情みたいなものもあった。少なくとも僕にはそういうのがわかった。それで歌を歌ったり話を聞かせたり一緒に寝たりすると喜ぶところを見ると、じゃあペットと同じように可愛がればいいのかなと思っていたのだが、お父さんに食卓にまで石があるのはどうなんだ、しつけをしろと言われ、じゃあ、と犬みたいにグッと床に押さえて

「部屋に居ね」

とやったら目を離した隙にお父さんの車のボンネットの上に移動して盛大に凹みを作った。

悲鳴を上げるお父さんの横で僕は理解した。

お父さんが僕に言いつけた内容を理解してお父さんに反撃したのだ。

犬よりもずっと高い知性がある。

素早い反撃と覿面《てきめん》の効果を見て面白かったのもあって、僕は石を友達とか年の近い兄弟みたいに扱うことにする。

家族にもそう宣言する。

「それでいいわ。それやったわ」

とお父さんが力なく言って僕はまた少し笑う。床の石も得意げな顔をしてるような気がする。

それから保育所に行くときに
「いってきます」

と声をかけておくと保育所の庭には来るけれど、建物のなかには入ってこなかったし、帰りには
「後でな」

みたいに言っておくと家にたどり着いたときに玄関の脇にちょんとあってなんだか機嫌がよさそうに見えるくらいで、凄く扱いやすくなった。

でも小学校に入って僕も成長して周囲でいろいろ起こるようになると問題も大きくなる。

まず僕をいじめようとした子を石が成敗するようになる。

と言ってもその子の自宅の屋根に乗っかるくらいなのだが、その風情が凄く怖いみたいだし、僕と石の話は知ってる人が多いのですぐに家族揃って謝りに来たりする。田舎だから信仰深いのか、神様的な話が重いのだ。

そういう話を聞いても面白がって僕をからかおうとする子は結構しつこくいて、屋根に乗ってた石はその子のランドセルから登場してびっくりさせたり寝てる枕と入れ替わったりして夜中に仰天させたりして、石の大活躍に僕も楽しいけど、やりすぎかなと思わないでもない。

まあ僕に嫌なちょっかいをかけてくる子はいなくなるが、それから皆が石のことを僕の友達ってより用心棒みたいにして扱うようになる。

そうなると公園や校庭で石を従えてるときの僕の言うことが一方的に通り始めたりするようになり、やがて僕と遊んでくれる子が減り始める。触らぬ神に祟りなし、って感じに僕自身がなってしまうのだ。

これは誰も悪くないと思う。

自然だ。

でも僕は寂しいのでじゃあ学校の同じ学年の子は諦めてお兄ちゃんの友達に入れてもらおうとする。

お兄ちゃんも気を遣ってくれたのだけれど、石がやっぱりついてきて、皆が離れていく。

ちょっと離れた町の野球部に入れてもらったときには石のことを知らない人ばかりでしばらくは楽しくやってられるが、するとそこにはいじめっ子気質の子がやはりいて、僕はいじめられ、石が屋根に行き、こちらがどれだけ説明してもその石の意味が理解できないからいじめが長引き、石の成敗もエスカレートして、その子がお風呂に入ってるときにジャボーーン！ってバスタブに石が落ちてきてそれで流石にその子は引っ込んだけど、結局石の話が広まってチームの皆が遠ざかってしまう。

「まだ他にもチームあるけど」

とお父さんが言うけれど、やめておく。僕はいじめられやすいのかもしれないし、だとすると同じパターンが繰り返されるだけだろうし、想像するだに面倒だ。

で、同世代の子とスポーツができないなら運動はジョギングでも何でも個人ですることにして、家庭教師をつけてもらう。大人なら僕をいじめたりしないだろうということで。

お父さんの知り合いのつてで隣町の女子大生に車で通ってきてもらっていたのだが、その人が盗癖があったらしくて僕の文房具が減り始め、その人の車の屋根が凹み始める。シャーペンや絵具など、細かいものがなくなってることに僕がしばらく気づいていないため、どうして石がそのお姉さんを攻撃しているのかさっぱりわからなかったしお母さんがそのお姉さんに石の話をして心当たりがないかと聞いたが首を振るばかりなので時間がかかってしまった。

結局お姉さんが盗品をビニール袋に入れてうちに返してきて

「どうして何も言ってくれん石なんかに私を責めさせるんよ。私、人に怒られたかった。神様なんかに怒られたくなかった」

と泣かれて困ってしまった。

そして確かにショックかもしれないなと思った。神様というのは大きな人の集団に罰を与えたりはするかもしれないけど、誰か一人を叱りつけたりはしないものだろう。

いやそもそもばあちゃんが神様だと言い出しただけで、僕の感覚としては全くそんなふうに感じられないし、神様なんかじゃないと皆に分かってもらう方がいいんじゃないかなと思って周りの人にはできるだけそう言うのだけれど、これもなかなか伝わらない。

一度お兄ちゃんが

「ほしたら、この石は神様でなくて、お化けやって説明したら？勝手に動く石なんて神様かお化けしか理由にならんやろ」

と言うが、しかしそれは僕が嫌なのだった。

神様で逃げてった人がお化けで戻ってくるはずもないだろうし、そもそもその石はもうずっと僕の友達や兄弟として付き合っていたのだ。その相手をお化けみたいだなどと言いたくなかった。

ならしょうがない。

僕と僕の石はそっと皆から緩やかな隔離をされた状態で暮らすしかなかった。学校に行けば話したり一緒に笑ったりする友達はいる。家族も仲良しだ。でも僕のそばには石がいて、皆が石に気を遣っていた。

「でも石はあんたに気を遣ってくれんのやな」

と言ったのがシービーで、僕も彼女も14歳の夏だった。

2

最近僕と石はいささか気まずかった。

その日も僕は家に帰りたくなくて体育館のギャラリーのカーテンの陰のところに座り込んで、ときおり大きな窓からチラリチラリとグラウンドの一番奥を覗いたが、やはり石はその百葉箱のそばの芝生の中にじっとしていて、僕のことを待っているのだったった。いつもだったらグラウンドの手前やなんだったら僕のすぐ足元に来て帰宅を促すのに、石の方も僕の方に近づいては来なかった。もう三日目だ。でもその夕方は自主練で残っていたシービーに見つかってしまった。

「うわっ！っちょ、お化けかと思ったやんか！」

と思い切り飛び跳ねてシービーが言った。

「え……そんなビックリするか……？」

「するわ！何してるんよそんなとこで」

「別に……宿題」

いや宿題なんてとっくに終わっているから勉強を先取りしてたんだけどシービーはそんなことには気づかなかった。

「家帰ってやんねや」

「そりゃそうなんやけど。……まあいいが、あっち行ってや」

「何やそれ。別にいいけど……」と言いながらシービーが、そのときうっかり石の方を見た僕の視線を追って窓の外を見る。「……あ。あれが噂のあんたの石か。初めて見たわ」

「ほうか……有名やで……」

「あはは。何言うてるんよ。何？あんた、石と何かあったんか？」

「何もないよ」

「百パーあったやろ」

「何もないって」

「あったやろ」

「あったかもしらんけどそんな話はせんよ」

「ふ。ほっか。まあいいわ。ほんな違う話しよさ」

「え？」

「私も何か面倒になってもうた」

「何が」

「や、まあ、運動とか？」

「休めば？」

「ほやな。ほんで、休もうと思って」

「ああほうか」

でもシービーはどこかに行って休むんじゃなくてその場に座りこむ。それから窓ガラスにドンと肩をもたれさせてふう、と息を吐く。Tシャツがぐしょぐしょで、ちょっと汗の匂いもする。西日の中で
「暑い」

と言う。

「どっか涼しいとこ行けば？」

「ふふ。どっか行けみたいに言わんといてや〜」

僕がどこか違うとこに移動すればいいのかなとも思うけど、石から逃げてる場所を変えるなんて馬鹿らしいとも思う。どうせ帰るんだから、もう帰ればいい。

でも嫌なのだ。

それでしばらく二人で黙ったままになる。走り込んでたシービーは肩で息をしていたけれど、目を瞑って整えている。まつ毛が長くておっぱいが大きいなと僕は思う。

そのときシービーがパッと目を開けて話し始めて僕はドキッとする。

「あんた、大変？」

「⁉……うん？何が？」

「さあ。石のこととか？」

「別に。石のことは大変でないよ」

「ほんな何でこんなとこいるんよ」

「さあ」

「さあって」

「いや、でも石のことは大変でないよ」

「そうなん？……他の子の話聞く限りやと大変そうに聞こえるけど」

「別に？……あの石をずっしり毎日抱えたり背中に背負ったり頭に乗っけたりしながら生きてるとかやったら大変やろうけど、別にそういうことでないでな。問題は……俺やな、やっぱ」

「何が問題なん？」

「それはほら、プライベートなことやから」

「誰にも言わんで、私」

「そんなことは心配してないよ」

「あ、そう？」

「俺の話なんて他の子とせんやろ、そっちは」

「そんなことないけど、そう思う？」

「んー別にずっとそう思ってたわけでないけど、そうかなって」

「石の話は聞いてるで」

「ああ、それはそうやろうな」

「でも別に私、聞きたくて聞いてたんでないで」

「別にそれはどっちでもいいよ」

「や、……そういうのって、あんたの、それこそプライベートな話やし、それをちょっと、みんな面白おかしく話すやんか。陰口とかでないし、悪く言うんでないから止めるとかはせんけど、なんか、私そういうの聞いていいんかなって思ってた」

「やーまあ注意事項みたいなもんなんやろ。俺には石がついてるでな、て」

「そういう意味にしてもよ。あんたは嫌でないんか？」

「百パー事実やで大丈夫」

「そうう？」

「いやどんな話聞いてるか知らんけど」

「あの石に乗って空飛んでるって話も聞いてるで」

「え？あ、それは嘘」

「まあ私も信じてなかったけど」

「そんなんできてたら楽しかったやろうなあ」

「できんのか？」

「できんできん想像もできん」

「どういう意味？」

「え？や。……あれ、石やけど、足乗せるとかはできんやろうな」

「何で？」

「誰かを足蹴にするとかできんやろ」

「え？あ、そうなんや」

「できんやろー」

「や、そうでなくて、あの石って石ってより人なんや」

「あ。うん。ほやなあ」

「神様でないの？そう聞いたけど」

「うん。神様ではないんでないかと思う」

「えーほんなら何？物の怪？」

「うわ。物の怪か～。妖怪ってことね。お化けと同じやろか」

「どうでもいいけど」

「あはは。う～～～ん。……違うかなあ。なんか、不思議な石としか言えんわ」

「ふうん。……でも、その石と付き合うのは大変でないんやね？問題はあんたやさけ」

「うん」

「ほやけどその話はしたくない？」

「うん」

「プライベートやでな。あ、そもそも違う話しよって言ったんやった」

「あ、ほや」

「ほしたらこのカーテン、こうしとこ」

と言ってシービーが立ち上がり、紐を引いて僕らが座ってる部分にカーテンを引く。

石が見えなくなる。

「なんかあんたチラチラあっち見てるで」

一瞬、石が何か行動を起こすかな、と思うけど、別にシービーに何かするような気がしないし、石も僕のことを監視してるわけじゃないんだろうから別に構わないだろう。

それより僕も、その目隠しでだいぶほっとしてしまった。

「ありがとう」

と僕が言う。

「何の話しよか」

とシービーが言う。

「映画の話しよう」

と僕は言う。

僕は映画が好きなのだ。

で、最近観た映画の紹介や子供の頃に観た映画の感想などを主に僕が話す。どうやらシービーはあまり映画は観ないらしい。でも『プライベート・ライアン』は観たということで、何と言うべきか、僕的には十分だった。しばらく『プライベート・ライアン』の話で盛り上がる。

そしてシービーが言う。

「ほやけどアパムがラストにあの逃した兵隊に会うのはちょっと興醒めやったわ」

「どういうこと？」

「なんか演劇ぽいって言うか、出来過ぎでない？」

「でなくて、何のこと？」

「ほら、最後アパムが、これまで全然戦いに参加してなかったのに、終わってから手挙げて出てきた敵、殺したが」

「うん」

「あれって何か、流石に作り事っぽ過ぎん？」

「何で？」

「ほやかって戦場って広いんやろ？アパムが逃した奴がたまたまアパムの前にもっかい出てくるとか、ちょっと、偶然にもほどがあるやろ？いかにもお話って感じやんか」

「ちょっと待って。待ってな？……あれ？最後にアパムが殺した奴って、途中でアパムが逃した奴なんか？」

「ほうやって」

「違うやろ〜」

「ほうやって。ほやでアパムの名前知ってたし、笑ってたんやが」

「え〜〜？違うやろ……、え？ホンマ？」

「ホンマやって」

「ええ……？」

「わかってなかったんか？」

「最後の戦闘で、仲間が銃弾足りんくなって皆『アパム！アパーム！』って叫んでたが？」

「うん」

「それ相手の兵士も聞いてて、『こいつがアパムか、あはは、お前は俺らのこと殺せないだろ』って笑ってたんだと思ってた……」

「ええ……？アパムの名前は確かに聞こえてたかも知れんけど、それやったら顔はわからんはずでない？」

「いや、戦場を走り回ってて、見えてたんかなって……」

「ああ……。でも、命乞いしようってのに、相手の、銃構えてる兵士をからかったりはせんのでない？」

「……！ホンマや……！」

「なあ」

「え？ほしたらあれ、あの兵士、二度目の命乞いやったってこと？」

「ほうやな」

「え？でもそんなん……偶然過ぎでない？」

「私はそれを言うてるんよ」

「ええええ〰〰！」

「あはは。ようやく追いついたな。なあ！やっぱやり過ぎやんかな！」

「やり過ぎやわ……」

と言うか僕はショックだった。

「俺結構大事な部分見間違えてた……」

「いや、でも私もあんたの意見聞いて、そういうのもあるんかって勉強になったわ」

「何じゃそれ……」

「慰め」

「ほやな……」

「あははは！何そんな本気で凹んでるんよ」

「俺……映画が好きやのに……」

「そんな勘違い、別に気にせんでいいが」

「ほやけど同じこと他の映画でもやってるかもしれんが……。大事な部分、見落としてるかも……」

「いや、でもあんたの見方の方が、『プライベート・ライアン』的にはいいんでないかな」

「いや……ほしたら演技とか演出が違うはずや……なんで俺わからんかったんや……」

「あははははは！何でやろな！ちょっと、あんた落ち込んでる顔面白いでやめて！あははははは！」

「ゆっくりご覧ください……」

「あははははははは！」

そうやってるうちに日が暮れてきて、なんとなく二人でいい感じなんじゃないかって気がしてきて、僕は高揚し過ぎてしまう。恋愛の話になって、もう止めどもない。

「あんた、好きな子とかいる？」

「俺？いん。いる？」

「いーん。私、好きとかようわからん」

「ふうん」

「……あんた、石がいるから、ちょっと引いてるん？」

「引いてるって？」

「なんか、あんたに石がくっついてくるから、誰かのこと好きになると、例えば、石が面倒を起こすかも、みたいな？」

「え？あ〰〰。ああ……なるほどなあ。ほういうのもあったかもなあ……」

「過去形やんか」

「うん？」

「あった、ってことはもうないん？」

「そういうの、か。もうないなあ。もうそういうのはとっくに通り過ぎたなあ。つか、好きとかそういうの以前の話やで、彼女作るとかそういうのを想像するところまでたどり着かんかったわ」

「そうなんか」

「俺、そういうのとは完全に別の道に来てもうたなあ……」

「何それ」

「え?変な話、やけど、言うていい?」

「別にいいよ」

「俺、最近ちょっと迷ってるんや」

「何を」

「あの石が、男か女かってこと」

「……そんな視点あるんや……」

「ほやかてずっと一緒にいるんやもん。なんか、人格みたいなもんもあるし、気になるが」

「ふうん?そんで?……え?女の子やとしたら、付き合うってこと?」

「いや、もう付き合ってるってことになってるんでないんかなって……」

「ええ!?……あはははは!いや、あははは!いやいや、不思議な石の話やろ?あははははは!なんであんたが不思議な子になってるんよ!あはははは!」

「え?俺、変?」

「変過ぎる！あはははは！笑ってごめんやけど、あはははは！びっくりしてもうて、あかん！あはははははは！」

「あれ……ほしたら、俺、かなりマズいかも……」と恐る恐る僕は話し始める。やめとけやめとけ、と思うのだけれど、なんかエッチな要素をこの二人の会話に付け足したくなったのだ。身をよじって笑うシービーに煽られてもいて、もう、仕方がないですね。「俺、ちょっと前に、なんか石が可愛く見えて、チンチン擦り付けてもうたわ」

「え？あはははははは！でないわ、え？」

あああああああああ。

言ってしまってからわかる。これは駄目だ。僕は何を言ってるんだ。そんなことを言ってどうなると思ったんだ。

あれだけ爆笑していたシービーがじっとこっちを見て、だいぶトーンを変えて言う。

「何か変なこと言うたな」

「ごめん……」

「気持ち悪いんやけど」

「……そうやろうなあ……」

「え〜?本当のこと?」

「嘘でこんなことは言わんよ……」

「……そうやろうな……。いや、でも、その話、気持ち悪いだけでないわ。怖いわ」

「ごめんです」

「いや、そうでなくて、……あんた、いよいよ石とセックスしてくっつくつもり?」

セックスって言ったな、と思うけど、それはここでは大事ではないはずだ。

「え?」

「あんた、石と一緒にい過ぎておかしくなってるって話」

「俺がおかしいのはその通りやと思うけど……」

「いや、あんたがおかしいのはあんたのおかしさってだけでなくて、石のせいでもやっぱりあるんでないかな」

「何が……」

「あんたと石の話、みんなから聞いてるし、みんな不思議やけど実際にあることやでなんか普通みたいにして放っておいてるけど、やっぱこれ、放っておいたらあかんのでない?あんた、石と一緒にどっか行ってまうか、心中みたいになるか、あんたも石になってまうとか、ともかく人身御供みたいになるんでない?」

「え？」

「……このままやと、あんた、死んでまうんでないんかってこと。普通に死ぬんじゃないにしても、なんか、別の形で」

「ええ……？　ほうかな」

「そうでない？」

「……でも、俺が拾ってきた石なんやで？」

「ほしたらあんたが捨ててこな」

とずばり言われたせいなのか、涙が出てくる。泣いてるつもりはないのに。悲しいとかでもないのに。ただ、思ってもみなかったことを言われたってだけで。

そうか、と思う。不思議な石で、神様っぽくて、友達とか兄弟っぽくて、なんか女の子っぽくも見えてたあの石を、僕は捨てていいのか。

「チンチンが痛い……」

と泣きながら僕は言う。

え？　何？　僕はまた何を言ってるんだ？

「なんで？　大丈夫？」とシービーが慌てた声で言う。「こんな話すると痛くなるんか？　石の魔力で」

あはは、と思わず僕は笑う。石の魔力?そんなのはない。

「違う違う。石に擦り付けて、ちょっと擦りむいたんや」

「は?ちょっと……」と怒気を孕んだ声でシービーが言って黙り、ああさらに怒らせてしまったかと僕が謝ろうとしたときにシービーがブーッと吹き出す。「あはははははははは!ちょっと!あんた、アホ過ぎや!何を言うてるんよ!あはははははは!」

その通りだ。僕は自分が何を言ってるのかもうわかってない。

「ちょっとエッチなことを言いたくなったみたいや」

と僕が言う。オーノー。おーーーのーーー!

「なんで?」

あれ?

「わからんけど、なんか……」

「あんた、私にエッチなことしたくなったんやろ」

「はい」

「ほうか。ほんならまだ助かるかもな」

「……そう?なんで?」

「まだ人間の女の子に興味があるってことやんか」

「いや、俺はそっちに興味があるんや」

と僕は言い、あ、これはよく言えたなと思う。

「そっちってどっち」

とシービーが首を傾げる。あれ?伝わってないか……。

「そっち」

「で、どっちよ。男か女かって話?男の子に興味があるの?」

「何でよ。そっちよ。そっちよ」

と指差す。

「?え?私のこと?」

「そう」

「ああそういう意味か。あんた、私に興味があるって言うてくれたんやな?」

「うん」

「ほうか。……あんた、そう言えば私のことシービーって呼ばんな」

「いや呼んでるよ?心の中では」

「でも私を呼ぶときには呼ばんが」

「そっちの本当の名前でないさけ」

「え？でも私の名前でも呼ばないよね」

「それは恥ずかしいが」

「ええ？……あはは。そうなの？」

「そうや」

「そんなもん？」

「そんなもんや。そりゃそうやろ」

「そうかな」

「うん」

「……なあ、さっきのセリフ、どれどれ見せてみいって私が言うと思ったんか？」

「え？」

「擦れて痛い」

「ああ……そうかな？」

そうだったのか……。下劣過ぎる。

「見せてみる？」

え？

今、シービーが言った？

「マジで？」

「……嘘やあ。男の子って本当にスケベやな」

え？

何？

僕は本気で混乱している。

シービーが言う。

「あんた、石捨てな？スケベは女の子相手にした方がいいで？」

それでシービーは着替えと片付けに戻ってしまう。僕は暗くなった外に出て、自転車で帰る。自転車置き場にいた石が家に先に戻っている。

石への欲情はもうないが、捨てられる気もしない。

その次の日もシービーと僕は話をする。教室では特に話さないけれど、昼休みや放課後に指先で呼ばれたりして廊下の奥や別の教室で石の話をする。

「怪我治った？」

とシービーがちょいちょい訊いてくる。

「まだ」とか「まだ赤い」とか普通に答えていたけれど、「見る？」とか「さすってくれる？」とかふざけることもできるようになる。

「アホ」

とシービーも笑う。

女の子もエッチじゃないか？

それはともかく石を捨てるにはどうしたらいいか、僕は考え始める。

3

普通に元の河原に捨てる、はすでに何度もやったことだ。遠くの街に運んで捨てる、も同じくらい繰り返した。それで毎回毎度うちに戻ってきたので諦めたのだ。新しい捨て方を考えなくてはならない。

壊して捨てる？

例えばあの石を半分に割ったとして、石は死ぬのだろうか？神様や化け物は死ぬのだろうか？

それとも半分になった石がそれぞれ僕を追いかけ回すのだろうか？二倍面倒な気が

するし、それほど変わらない気もする。

粉々にしたら死ぬのだろうか？

砂状になった石が僕にまとわりつくのだろうか？……せめて僕の思い通りに、人が見ていても動くんだったら、僕はその砂を自分の体を覆うように纏ってサンドマン的なスーパーヒーローになって敵と戦うのにな……と楽しげな妄想でしばらくぼんやりしてしまうが、どうせそんなことは起こらないんだ。やめる。

どこかの山の中で地面に埋める？

戻ってきそうだ。

地面に埋めて、その上にたくさん大きな石を置いて重石にする？

もし石の移動が瞬間移動的な、ふっと消えてワープ、みたいなことならこれも意味がないかもしれない。実際そういう動きじゃないとできないこともたくさんしているし。お風呂にジャポーン！とか。

じゃあどこかの工事現場に放り込んでコンクリートで固める、も駄目だろうか？

わからない。

まずは石を埋めるところから試してみようか？

と思ってじゃあと石と向き合うと、しかしすごく可哀想な、人としてちょっとおかしいことをしようとしてるような気がする。

何しろ僕は股間を怪我するほどこの石とずっと一緒にいたのだ。愛着もあるし、それにいじめっ子を親とか他の大人の代わりにこらしめてくれた、という恩義もある。そうだ。この石は僕のことを思ってくれているのだ。ある意味では他の人間よりも。

シービーが言う。

「それはそうなんでないでもほしたらじゃあ一緒に暮らすのが正しいん？人間と同じように考えてみねや。あんた、誰かに告白されたら好きでなくても相手のことよく知らんでも付き合うんか？」

正直それはイエスなんだけど、文脈的にはそれを言っちゃ駄目なのはわかる。

「自分に懐いてる犬とか猫とか、捨てられんやろ？」

と僕は言うが、

「ペットは捨てたらあかんやろ」とシービーは首を振る。「飼い主にはその命の責任があるんやで当たり前や。でも石はペットなんか？違うやろ？石は石や。犬とか猫とは違う。生きてないんやもん」

「え？生きてない？」

「生きてないやろ」

「動いてるで?」

「不思議やな。ほやけど、死ぬか?」

「ああ……それ俺も考えてた。死ぬかな」

「あれ?死なんと思って喋ってたけど、死なんのかな?どうやろ。死ぬんやったら、あの石、どうなるんかな。腐るとかはなさそうやけど」

「普通の石に戻るんかな」

「あの石って元々は普通の石なん?んで突然あんなふうに動けるようになったとか?」

「もちろん知らん」

「いつかは動くだけでなくて話すようにもなるかな?」

「どうやろ」

「何にもわからんやろ」

「うん」

「ほやろ。ほやで捨てるんやで?あんたはあの石とどうにもならんし、どうにもできん。ほやのにあんたはあの石と一緒にいて、これではまともに生きられんし、変になってくし、私は思うけど、あんたは死ぬ」

殺される前に、相手を殺すか、離れるしかない。

僕は泣きながら石を抱え、山に持っていく。シャベルで穴を掘る。その間も横で石はじっとしている。自分の捨てられる穴のそばで、じっと。僕はもっと泣いてしまう。が、そのじっとしている石が怖いとも思う。そして、山で穴を掘るのは思ったよりずっと大変だ。半日かけて一メートルほど掘って、石を底に置く。その頃には疲れ果ててもう涙も出ない。土をかけて埋める。家に帰る。家に石はいる。土に汚れてすらいない。

はああ、とため息をつきながら思う。

もしかして今山に戻ってあの穴を掘り返すと、そこに石は埋まっていて、実は石は戻ってきたんじゃなくて分裂したんだったりして……。

ゾゾゾ。僕は怯える。

これまでだって捨ててきた石はそこにあって、戻ってきた石は分裂した別の石だったりして……。

ゾゾゾゾゾ。

怖すぎて僕は確かめに行く。山の穴に石はない。振り返ると家にいた石が僕の背後にいて、怖すぎる。

僕はまた泣いてしまう。

「お前何なんよ……！」

石は答えない。

石だから。

僕は拾い上げて、山の斜面に投げ落とす。ゴロゴロと石が転がっていく。

それからしばらく目を瞑って待つ。

目を開けると、目の前に石がいる。

僕は石を蹴り落とす。

それから今度は目を塞がないよう、瞬きもしないよう頑張るが、汗が目に入って擦った瞬間に石は戻ってきている。

オーケー。それはそっちにとっての制約なんだな？

僕は家に帰る。石は先に戻ってきている。小屋に行って段ボールを取ってきて、石を中に入れ、箱を閉じる。家の中に持ち込み、居間でテレビを見ていたお兄ちゃんと隣の台所で夕飯を作っていたお母さんに
「これ、中に石入ってるで見てて。目、離さんといてな」

とお願いする。

「何してるんよ」

とお兄ちゃんが訊く。

「実験」

「何が起こるん？」

「目を離すと爆発するかもしれん」

「あああ!?」

そう言っておけば真面目に見ててくれるだろう。

僕は家を出る。自転車に乗って集落を出て星の川を渡って国道を行き、ガソリンスタンドで自転車を降りる。

周囲を見る。ガソリンスタンドの隅に石が来ている。

携帯でお兄ちゃんに電話する。

「箱、無事？」

「おう。これ本当に爆発するんか？」

「今は多分せんと思う。あ、とりあえず、中見てみて」

「箱の？なんか怖えんやけど」

「大丈夫やで」

分裂したもう一つの石なんて入ってませんように。

待つ。

「……空っぽやんけ」

とお兄ちゃんが言って僕はホッとする。

「ほんならいいんや」

つまり埋めてもその上に重石を載せてもコンクリで固めても何もかも無駄だ。

僕は自転車に乗って家に帰る。玄関前に石も戻っている。僕はそれを拾って自分の部屋に行く。石を床に置き、携帯を取り出してお兄ちゃんにビデオ通話をかける。

「何？」

「もっかい実験付き合って」

「いいけど何？石ちゃんに何かするんか？」

「……捨てる」

と石の前で言うことに胸がまだ痛む。

お兄ちゃんは
「ほうか」とひとこと言うだけだ。「何すればいい？」

「このままビデオでこの石写して監視してたらどうなるか確認したくて」

「ほんな俺はただ見てればいいんか？」

「今下降りる。あれやったら俺と替わろ」

「あれ？俺その間携帯使えんのか？」

「困る？」

「別に」

僕は石が写るように携帯を固定し、部屋を出て居間に降りる。

お兄ちゃんの携帯を借りる。

「ちょっとまた出てくる」

「もうすぐご飯やで」

「先食べてて」

「頑張れや」

「うん」

僕は携帯を見つめながら自転車に跨る。が、そのとき足がちょっとタイヤに引っかかって視線を外してしまい、その瞬間に石が来る。

自転車の籠の中に。

その愛嬌に思わず胸が締め付けられ、僕は笑う。

「石を連れて自転車乗り歩いて、普通に暮らせるようやったらよかったんやけどな」

と石を撫でて、本当にそうだったらいいのに、と思う。

でもそんな世界ではないのだ。

僕は石を抱えて家に戻る。

「あれ?もう捕まったんかい」

とお兄ちゃんが言うが、笑っていない。

僕も笑わない。

「やっぱ視線外さんと見続けるなんて無理や。ほやけどホンマ、誰かに動くとこ見られるのだけは避けてるみたいやで、……次は……録画してみるか」

「お。でも石ちゃん、《録画》って意味わかるかな」

「神様ならわかるやろ」

「おーい、石ちゃん」とお兄ちゃんが言う。「今から携帯で録画するで?ビデオを撮るんや。それは後から全部見直せるで、動いたらそれ、映像に残るでな?」

僕はまた泣きそうになる。

こんないじめみたいな感じで石を取り囲みたくなかった。

でもこのまま行く。

これしかないんだ。

お兄ちゃんが新聞紙を居間の隅に敷いてくれたので、そこに石を置く。

「俺らも石ちゃん見てるわ」

「ご飯先食べてて」

「はは。また石と一緒に帰ってくるなや」

ふ、と僕は少しだけ笑って家を出て、自転車にまた乗って出発する。目的も目的地もどこにもない。星の川を渡り、国道を進み、駅を越え、また星の川の流れに沿いながら逆流するようにして堤防を走る。日が暮れる。携帯がないので時間がわからない。僕は公衆電話を見つけて自転車を降りる。周囲を見渡すが、石の姿が見つからないのが暗いせいなのかどうかわからない。

電話ボックスの中に入ると、昼間の熱気がこもっていて暑い。虫の声は遠くなる。

お兄ちゃんに電話すると
「おう。まだ石ちゃんおるで」

とひと声目で言う。

「ほうか。もうご飯中？」

「うん」

「ごめんやけど、石、カメラから外れんようにしながら、誰も見えんところに動かしてもらっていい？」

「いいけど、石ちゃん触っていいんか？」

「いいよそんなの」

「もうずっとお前しか触っていんで」

「そうか」

と言われてみると、他の人に触られて石は大丈夫かなと思ってしまう。

いいんだ。もうそういう気の遣い方は、言ってみれば白々しいんだ。

それに僕しか気を遣っていないんだ。

石のほうは僕に気を遣わないんだ。

「置いた。携帯も石ちゃんに向けたまま録画で置いておけばいいんやな？」

「うん。ありがとう」

「ごめんな、今まで石ちゃんのことお前に押しつけっぱなしで」

「……!?」

思わぬセリフに言葉を失う。

違うんだ、と思う。ある部分僕がすすんで引き受けたことなんだ。そもそも僕が拾ってきた石なんだ。

「ありがとう」

とまた泣きそうになるのを堪えて言う。

でも本当に、僕が悪いんだ。


悪い？

石を拾ってきたことが？

どうしてそんなことを4歳の僕がしたのかわからない。

悪い、か。誰に悪いことをしたって、僕自身に対してだろう。僕は石と一緒にいることを受け入れ、結果他の人を遠ざけた。もっと親しくなれたはずの友達もいたかもしれない。もっと他のことに時間と気持ちを使えたかもしれない。それをできないようにしたのが僕だ。石じゃない。

そうだ。石は悪くないんだ。

石はただ、僕と一緒にいるだけなんだ。

でも僕はもっと生きたいから、自分で拾った石を勝手に捨てようとしているんだ。

そうだ。誰に悪いって、石に対してが一番悪いじゃないか。

僕は……そうだ、十年も、十年間もの長い間、石と一緒にいて、チンチンまで擦り付けたのに捨てるのだ。

胸が重たい。

息が苦しいほどだ。

このまま帰って石と元通りに暮らしてしまえばとりあえずこの苦しさはなくなるのかと思ったりしてマズい。

シービー。

僕は受話器を取り上げるが、ボタンを0しか押すことができない。

携帯の番号を憶えていない。

「あはは」

と笑いながら受話器を下ろす。

車が来ないこと、人が近くにいないことを確かめて、僕は電話ボックスの中でズボンを下ろし、チンチンを見る。

怪我はもうほとんど治っている。

チンチンを見たので、そのついでに、って感じでちょっと弄《いじ》る。電話ボックスは明かりがついていて、周りは暗い田んぼと遠くのスーパーマーケットしかなくて、僕の姿はかなり間抜けだろうが、弄ったら立ったのでささっと擦って出す。出る前に車が通ったのでそっと背を向けて。出たものは電話帳を破って拭く。その電話帳はこのカラカラの電話ボックスの中で日に照らされ続け、干されて死にかけてるみたいだ。

シービーのあの丸いおっぱいを僕はいつか触れるだろうか？

そんな想像ばかりしてるけど、そんなことは起こらないだろう。

僕は電話ボックスを出て、自転車の籠に電話帳の切れ端をぐしゃぐしゃにくるんだものを入れてまたがり、家に帰る。

石は携帯の前にじっとしている。

お兄ちゃんの携帯を僕のと交換し、録画を続ける。

お父さんに電話して、ビデオカメラを買ってきてもらう。

画質を落とせば丸一日録画できるらしい。それで石を録画しながら僕たちは石抜きの生活を始める。夜寝る前にメモリを交換するときにだけ石のことを思い出す。

シービーとは仲が良いままだけれど、もうこっそり二人だけで話したりはしない。石についてはチンチンの話もしない。

「ほうか、良かったね」

のひと言だけだった。

でも中三になって他の子たちと一緒に図書室で勉強しているときに本棚の奥で二人だけになって
「あの石、まだあんたんち？」

「うん」

「ひょっとして、あの石、もうあんたのことなんかどうでもよくなってて、録画やめたらどっかに消えたりせんかな？」

などと言う。

「ええ……？」

つまり今、必要もないのに石を僕の家に縛りつけてるということになるのか？

「ふふ。ほやけど、そんなの試しにやれんわな。あんたのこと、どうでもいいどころか憎んでて、それこそ頭の上にガチーンと飛んでくるかもしれんもんな」

「……！」

「あはは。ごめんごめん。違うんや。あんたと久しぶりに、あの石の話ちょっとしたかっただけなんや。あんた、あの石で困ってるときちょっと可愛かったさけ」

そうですか。

でも女の子ってどうしてこんなふうに気持ちをかき混ぜるのが上手いんだろう？

実際ちょっと怯えてしまってるじゃないか！

するともう一度シービーが
「ごめんって」

と手を合わせて見せ、

「じゃあ、気持ち変えて、チンチンの話する？」

と言う。

「する」

と僕は即答する。

「あはは。それも嘘や。アホやなホント。勉強しよ?私、あんたと同じ高校行きたいし」

シービーは皆の机に戻る。

言っておくけど彼女の方が成績は良いのだ。つまり勉強しろということで、そんなこと言われたら、そりゃしますよね。

代替

1

ろくでもない人間がいる。お前である。

くだらないことに執着して他人に迷惑をかける人間がいる。これもお前である。

何を触っても誰と関わっても、腐敗と不幸をもたらす人間がいる。まさしくお前である。

マジでびびるほどだ。おいおい、神様はどうしてお前みたいなクソをこの世に配置したのだろう？どのような側面においてもプラスとかポジティブとか前とか上とか善とか良とかとは反対の性質しか持たないお前が、どのような因果でここにいて、ひたすら周囲をダメにしているんだろう？

お前はすでに赤ん坊の頃から親に好かれてなかった。俺は生まれたときからお前を見ているから、本当の最初のうちはかわいそうだと思っていたんだ。たまたま発生したお前という魂が、まだ母親の腹の中にいるうちから面倒がられ、疎まれ、憎悪を向けられてるなんて理不尽なものだなと思って同情もしていた。劣悪な環境の中で生まれるお前がなんとかしてまっすぐに育ち、どうにかしてまともな場所へ出てそれまでの汚いしがらみを捨ててくれないものかなと願ってもいた。

ところが母親の子宮からブリンと出てきたお前は愚かな母親と短絡的な父親よりも単純に悪質だった。バカもアホも結果的に人に迷惑をかけるという意味では罪かもしれないが、お前ははっきりと故意に人を傷つけ、追い詰め、周囲で起こる泣き声や怒鳴り声や呻き声に感じる快楽を積極的に求めていた。そしてそれに気付いていないフリをしているのがまた酷かった……。

あのなあ、俺は、この世でこの俺だけは、お前のことを知っているし、わかるのだ。理解できるのだ。

他の人間は赤ん坊の泣くタイミングなんて誰にもコントロールできない、ましてや赤ん坊本人には到底無理だという前提でいるけれども、俺にははっきりとわかる。お前は母親の一番辛いときに泣き喚き、出ない乳を欲しがり、本心ではミルクでも構わないのにミルクを嫌がって見せたのだ。母親が苛立つ声が好きだったし、母親に殴られても泣きながら内心ほくそ笑んでいたのだ。

ゾッとするぜ。

母親が父親に殴られているそばで、動揺すべきお前は泣きもせずにじっとその様子を見ていた。

その表情が思うがままできたなら、お前はさぞニヤニヤしていただろう。

父親の暴力がお前に向かっても、お前は泣きながら笑っていた。

うひょう、これが痛みか、殺せ殺せ、さあ殺してみろ、命の限界を教えてくれ、というお前の内心が聞こえて俺は震えたよ。信じられなかった。びっくりしすぎて漏らせるもんなら盛大に漏らしてただろう。お前には生きようという根本のエンジンが載ってないんだ。永く生きようとするからこそ人には《より良く》とか《真っ当に》とかが生まれるのに、お前にはそういうのを載っける台が備わっていなくて、ひたすら自分を傷つけていくだけだった。

結局家族の外の人間の介入があってお前は父親から離され、結局は母親からも捨てられたけれど、親の未熟さばかりが原因じゃない。はっきり言ってお前のそういう苦痛を自ら求めるような異常さが全ての根源的な理由だよ。お前を殴る父親も母親も、お前のことに怯えていたんだ。お前を殴った後に暗い部屋で抱擁しあっていたあの二人はDV夫婦のありがちハネムーンを満喫していたんじゃない。心底お前のことが怖くて肝を冷やし切っていてせめてそばにいる人間の体温で温まっていただけだ。ラストの方は俺は完全にあの夫婦の方に同情的だった。俺に見えてるお前を、あいつらは見えていなくても感じてはいたんだ。でも残念ながら低能同士だったからそれにどう対処していいのかわからなかった。殺して捨てれば良かったんだ。便所に流して忘れてしまえばそれでおしまいだった。それがお前の欲していたことだったのだから、社会的な法や通念上の倫理道徳にはもとっていても、そんなものとは別次元にある魂のあり方を見据えた大いなる正義にはかなっていたのだ。

それに、お前という暗い穴がそれから他の人たちを次々に落とし込んでいくことを思えば、そこで家族単位で始末をつけてさえいれば、という見方だってできるはずだ。お前の細い首の骨をコキンと折ることの簡潔さと、お前の引き起こす問題の煩雑さを誰かが比べられたらな、と思うよ。まったく。

で、お前はともかく手当たり次第に手近な人間に迷惑をかけ、困惑させ、卑劣なタイミングで懐に潜り込み、より深く相手を傷つけた。母親の親戚を、関わった順に無茶苦茶にしていくのを見ながら、あまりにも似たパターンを踏むので俺は退屈になるくらいだった。みんな《この子は可哀想》から入るので頑張ってしまうが、そこにお前はつけ込んでいく。まずは泣いて相手の睡眠時間を削る。食べずに相手の焦燥感を高めていく。別に興味もないけれど、相手が面倒だなと思うものに執着する。それを壊す。苛立つ相手がお前を諦める寸前にお前はちょっと相手をくすぐってやって、相手に勝手に反省させる。《自分がもっと頑張んなきゃ》。これを俺はうんざりしながら眺める。こんなに露骨で、あからさまな手にまともそうな大人が順番に引っかかっていく。いや、まともだからこそそうなるんだろう。そういうタイプの頑張りが通じるのは相手もまともなときだけだというのが分かってないのだ。そういうまともな奴ばかりじゃないってことを想像もしてないからだ。赤ん坊を前提として漂白して捉えてるからダメなのだ。悪い赤ん坊がいる。お前がそうなのだ。

散々母親側の親戚を腐らせ、三組の夫婦を離婚させ、七人を病院送りにしてからお前は施設に《保護》される。俺なんかはいろんな子供を見てきたプロの集団ならお前の悪意を見抜いてくれるんじゃないかと思う。そうなったときお前のことをどうやって処理するのか勉強させてもらおうかなと思ってワクワクするくらいだが、あっという間にその期待は裏切られる。これまでに似た振る舞いで相手を試すお前のことを、職員たちは遠ざけるだけで問題を解決しようとしない。おいおい、コキン、とやるんだよ、と俺は声なき声で叫ぶ。なんでもいい。できるだけ放っておく、んじゃなくて、捨てて餓死させるんだよ。見ないフリをするんじゃなくて、窓から捨てて……叩きつけて、ぱっと終わらせるんだよ！

でも終わらない。お前は同じ場所にいる他のお前よりよっぽどまともな子供を虐め、苛み、狂わせる。お前に襲われたくなくてお前の真似をしたりお前の手下になったりする奴を使ってお前はその空間を苦痛と悲鳴と猜疑心と《どうしてこの事態を良い方向に導けないのかしら》って自責と《いつか終わる》という易い誤魔化しと《ずっと終わらない》という深い諦観で埋める。ふう、と俺はため息。もう普通の呼吸よりため息の方が多いっていうか、ため息で呼吸しているような状態だが、思う。だ〜か〜ら〜、お前という諸悪の根元を叩けない限り、どのような望みも叶わないんだっつの！コキン！だよ！コキン！

まあ俺のため息も願いも誰にも届かないから、お前の首はどんどん太くなり、骨は折れにくくなる。そうなる前に園庭で転んだりしてうっかり逝っちゃわないかなとぼんやり眺めてたけど、それも起こらない。妙にお前は運動神経がいい。

で、お前はチンチンに気づくより先に女の子の割れ目に気づく。その決定的に人の心を揺らがせる大事な穴の存在に。

俺はもう本気で見てられない。

お前はまず小さな子供をいじくる。ひどい怪我をさせる。それから余計な知識を得る。「女の子のここはとても大切な場所なの」云々。優しい奴と《ちゃんと教えてあげなくちゃ》って謎の思い込みはお前にとっての毒であり甘い蜜だ。やっちゃいけないを教えてることがお前を駆り立ててることに誰も気づかないから、お前は大人にやる。施設の女の人を押し倒し、パンツをおろして傘の先を突っ込む。思い切り差し込んで内臓を破る。もちろん刑事事件になるが、お前を罰する手立てを誰も見つけられない。またしても。だ〰〰か〰〰〰〰ら〰〰〰〰〰〰〰！

ギリギリ歯噛みしてる俺の目の前でお前の被害者の彼氏だか婚約者だかがお前に襲いかかり、俺の悲願が達成するかと思うけれど、5歳の子供をフィニッシュできない。

この世の全ての倫理が、本来はお前の敵であるはずのあらゆる《より良きを求める概念》が、回り回ってお前の味方をしているみたいに俺には見える。

いや、やはりお前の敵ではあるのか？

お前の求めるお前の死がなかなか手に入らないのだから。

お前は右目を失い、右手が潰れてまともな字を書けなくなり、両足の変形によって走るのが遅くなる。が、お前は在り、お前は続く。

地獄は広がる。

お前は嬉しそうに人を苦しめ続ける。仕返しの暴力を最近はゲラゲラ笑いながら受ける。でもそのおかげでお前の異常さに気がついて怖気付いて逃げる奴らも増えて、それでいいんだよ、と思う。本当はお前のことをもっとちゃんとなんとかしてやってくれよと思ってるけど、せめて逃げ出してくれれば、お前が飽きずに続けるうんざり劇場を眺めずに済む。

小学校でお前は生き生きとやる。教室には逃げ場がない。大人もそれを許さない。で、たっぷりお前は同級生をいたぶり、上級生も引きずり込んでいくが、その途中で俺は気づく。

ああ、お前、大人の方にターゲット移したな？

相変わらず子供をいじめるけど、それはそれで右往左往して簡単に阿鼻叫喚に陥る保護者たちの錯綜した気持ちの網を全体的に眺めてたっぷり楽しむためにやってるんだな？

お前の引き起こしたことで開催される保護者会、全体説明会、全校説明会が続く。お前の扱いをめぐっていろんな対立が起こる。それをお前はしっかり味わい、そこにある全てのお前好みの汁をすすっていく。

その様子を俺は呆然と眺めるほかはない。どうせ根本解決はない……と思ったら、子供の方がまともで、お前の被害者の兄がお前を近くの山に連れ込み、お前をぐちゃぐちゃにする。大きな石で頭を叩く。お前の頭から盛大に血が噴き出る。

あれ？おっしゃおっしゃ、と俺は思う。

いいじゃん、これじゃん、こういうことじゃん、これこそ起こるべきことじゃん、これで全てが終わるじゃん。

その兄ちゃんが泣き出して俺は焦る。

いいんだよいいの！泣かなくていいの！なあ⁉お前だってこれを求めてたんだよな！そうなんだよ！お前はこれでお前の思う通りに、望んだ通りに終われるんだ！それを俺は見ててやるからよ！な！いいよ！終わろうぜ！終えようぜ！お互いもう正直言って疲れたよな！いやお前はいつだって楽しそうだったし嬉しそうだったけど、俺は本気でもう心底ヘトヘトなんだよ！

ガン！

泣いてる兄の傍で弟が血塗れの石を拾い、お前の頭を殴る。

いいぞいいぞ！いけいけ！お前にも権利がある！お前にこそ権利がある！チャンスがあるのはお前だけなんだ！いけいけいけ！

ガン！

でもこいつもまた泣き出す。

おいおいおい！

お前はニヤニヤと笑いながら血塗れでその兄弟と、弟の友達たちを眺めている。

もう少しでお前の望みが叶うのに、それが引き延ばされている。その絶望的な間をもお前は楽しんでいるんだろう。

でも俺はもう嫌なのだ。

誰か！

泣いてないでこいつの頭を完全に粉砕してくれよ！


頭蓋骨陥没、脳も一部露出し紛失したが、お前は助かる。

いや、助かったのだろうか？

お前の肉体は生存を続けるが、お前は消える。

そして俺がお前の肉体の中で、お前となる。

俺のままで、お前になる。

手も足も不自由で、片目が見えなくて脳が足りなくて、痺れと麻痺の出たお前に、俺はなる。

2

お前じゃなかったときのお前をただ見つめていたときの俺が誰だったのかはわからない。俺には名前はなく、体や手足があったような気もしない。俺はいわば視点みたいなものだったのだ。でも俺には俺の考えと感情と知識や認識があった。俺は実際には観た憶えのない『未知との遭遇』や『ハンナとその姉妹』の物語を知っているし読んだことのない『プレーンソング』って小説の内容を……はっきりとは憶えてないけれども猫が出てきたのを憶えている。

多分俺はすごく曖昧な、集合意識としか言いようのない存在だったんじゃないかと思う。人の形をしていないけれども、人の形を理解して、まるで人のように思考する、脳のない何か。複雑な計算や先読みなどはできなかったんじゃないだろうか？わからない。試そうと思ったこともないところが、その証拠なんじゃないかと思う。

まあでも確かなのはどれだけ考えても今更答えが判明したりはしないってことだろ

う。

　ともかく俺はお前になってしまったのだ。

　まず左半身と右足に麻痺があった。残りの右腕にも痺れがあって、そもそも右手は潰れていたのでまともに使えなかった。右目のない顔面はその日その日によって場所を変えるけれどもビクビクと引きつりが出たし、頭痛はあの兄弟が持っていた石が頭蓋骨の中にまだ残っていて、それが勝手にゴリゴリ動き回ったりしてるみたいだった。首から下はほとんど何も感じられないのに頭だけ死にたいほど痛かった。肉体を持たなかった俺がいきなりお前の苦痛を全て引き受けたと言うか押し付けられて、本当に死のうと思った。

　でも窓は高く、遠かった。

「死なせてくれ」

　と実際看護師さんや医者にお願いもしようとしたんだけれど、初めて使う唇と舌が怪我もあってもつれまくって
「れりににゃむぬふれ」

　みたいになった。

　まあどうせ無駄だっただろう。この空間には俺を助けようとする人間ばかりだった

から。

死ぬには自分で体を動かせるようになるしかない。

というわけで俺は医者に言われた通りに手術の痕が癒えるのを待ち、リハビリに通った。

奇妙な気分だった。

どんなに文句を言おうとも今俺の感じる痛みも苦しみも俺のものとしか言いようがない。それを誰か別の奴にそっくり渡すってわけにはいかないし、実際その痛みはこの体にあるべきものなのだ。だからそれはもういい。せいぜい痛み止めをたくさんもらうくらいしかできないし、薬で軽減されているうちは痛みには耐えられる。

リハビリにも、完全にこの肉体を死なせるために、ほんの数歩、一人で窓に近づくために参加していて、そこには作業療法士さんや理学療法士さんだけでなく、医者や看護師さんなどもいて、皆がお前を、俺を、応援してくれる。体の快復の先には明るい未来しかないんだ、みたいな笑顔を向けてくる。開いてる窓までたどり着いたら即座に上半身を外に倒そう、後は重力が俺の足を持ち上げてくれるだろう、と思うだけの俺に対して。警官や学校の先生も来る。こいつらは最初、俺と言うかお前向けの説教を垂れていたが、もちろん俺もその言い分にそっくりそのまま同意だったので何も言わなかったしとっととこの余計な魔法を終わらせるためにもリハビリにいそしんでいたけれどその姿を見ていて何か勘違いしたみたいで
「目に光が戻った」

「以前の姿からは想像もつかないひたむきさだ」

「皆に励まされるって、いいものだろう？」

「頑張るって最高だろう？」

みたいなことを必死に言う。

いやいや、俺俺。俺は俺なの。あいつじゃないの。妙に期待を煽ってるみたいで悪いけれども、俺は死ぬために頑張ってるの。それはこの肉体の持ち主のそもそもの希望なの。

な？

お前、死にたかったよな？

返事はない。

肉体を引き継ぐ前だって返事なんてなかったが、以前は確かに俺と同時にお前がいた。なのに今は俺だけで、これもまたおかしな気分だ。こんな形でポツンと取り残されるなんて。

ひょっとして俺の背後に今お前はいるのだろうか？　そしてお前もお前の肉体を見ながら分離してしまった自分の状況に驚いているだろうか？

お前の肉体を動かしている内側の存在について考えてるだろうか？　俺は時々振り返ってみるけれども、お前の魂とかそういう何かがふわりと浮いてたりはしない。

お前は俺と入れ替わってどこへ行ってしまったんだろう？　あるいはどこかに行ったんじゃなくて、ただ消えてゼロになったのだろうか？　考えてみれば俺だってどこかの赤ん坊として親から生まれて育って肉体を失って俺になった……というような記憶もなくて、パッと気がついたときお前の後ろにいたから、人格というものがそういうふうに生まれたりもするのを知っている。ならば誰かの魂が肉体の死とは別にパッと消えるってことだってありえるのかもしれない。俺という代替の魂がそばにいたから、お前はこれ幸いとお前の肉体を明け渡してとっとと消失したのかもしれない。何にしてもお前がただ消えたならそれはそれでいい。お前はお前なりに大変な人生だったことを俺だけは知っている。まあすこぶるエンジョイしてたというふうにも見えたけれど、それでも。

それから施設の奴が来る。

「お前な、何で喋んないんだよ」

と開口一番言う。

確かに俺はお前の中に入ってからあのれりににゃむぬふれ以来何も喋っていない。どうせまともな言葉にならないから以前に、お前の代わりに俺が喋れることなど何もないからだ。俺の言葉をお前のものと思われても困るし、責任が取れないってのもある。

するとその若い男が続けて言う。

「前は無茶苦茶言ってたじゃねえかよ……。どうしたんだよてめえ……」

うん？

と俺は思う。

確かにお前はこいつに向かって凄まじい剣幕で罵詈雑言を吐きつけていたし、からかったりつまらない付き纏《まと》いをしたりしていた。こいつだってもうずっとお前のことを無視するだけだったのに……まさかあの聞くに堪えない、言ってる口が腐らないのか心配になるくらいの汚らしい台詞をまた聞きたいってのか？

それからその男がお前の、俺の、潰れた右手を取る。

「酷い目にばっかり遭って……、誰かに殺されたいみたいに人に酷いことをしてばかりで、……お前、まだ生きてるじゃん……」

お、よく見てんじゃん正解正解、と思いながら俺は困惑している。

何この人？何でお前の手、取ってんの？

何このあったかい感じ。

マジ？

こんな手触っちゃって、この人毒されてない？毒が頭にまわってない？どうしたの？何か、この人の中で暴走してんの？先生呼ぼか？あはは。

え？

何？

その男が泣き出している。

「激しいなあ……お前は、本当に、激しい奴だなあ……！」

何それ!?

いやわかるよ。こいつのことが不憫なんでしょ？俺もそれは同じなんだよ。でもいやそれ、俺の手を握ってやらないでくれよ。以前の俺だったらお前の後ろで素直にあここに実はお前のことわかってるっつーか、わかろうとしてくれてる人いるんじゃんつって喜んだかもよ？いや喜んだでしょう。でもでも、こうやってお前の手が俺の手のときに、こうやって両手でそっと持ち上げて、額を手の甲すれすれまで屈めて、うぐぐと泣くなんて、マジでやめてくれ！

俺は困るが、どうしていいのかわからない。何に困ってるのかもわからない。ただただ、肉体を持つということは厄介なことだと思うだけだ。

生きにくく、死ににくい。

「先生たちが、お前が別人みたいになってるって言うんだよ」とその男が俺の手を握ったまま言う。「ここに来る前のお前のことなんか知らないけど、記録で見る限りのお前とは違うってさ。……本当かな？そんな、奇跡みたいなことが起こったのかな？」

いや中身が完全に入れ替わったみたいだから、お前が変わったとかじゃないんだけど、まあ外からはそうとしか見えないだろうな。

「大怪我のショックが精神疾患を吹き飛ばす、みたいなことが起こったんじゃないかって先生たちが言ってるんだ」

え？

や、ごめんだけどそれは違う。

男が続ける。

「……でも本当は、……これまでの自分から逃れるためのチャンスを狙ってたお前が……今回死にかけたことをきっかけに、本来なりたかった自分に、素直に、なってみてるだけってことは……、ないかな？」

懇願するような顔を近づけるが、いやそれも違う。

が、男は俺の、おそらく戸惑いが浮かび上がってたはずの左目を覗き込んで笑う。

「やっぱり……本当なんだな！いつもだったらお前、こんなこと言ってる俺のことを冷たく笑うだけだったのに……！お前、本当に変わったんだな！」

あららら……。

まあいいか。

どこにも救いがないってよりは、誰かがちょっとでもいい気分になった方がいい。

こいつ、俺がお前を殺した後にどんだけ落ち込むだろうって不安は生まれたけど、こいつの脳なら勝手に何かそれらしいポジティブな理由を思いつくだろう。《正気を取り戻したお前》がこれまでのお前の行いを悔いて死んだ、くらいが落としどころじゃないだろうか？もし何かを書き残したりできるなら、そんな感じのことを匂わすくらいのことはしてやってもいいな。まあ無理そうだけれど。

その男が帰ると俺はほっとする……だけじゃない。

余計なことをしやがって、と苛立ってもいるみたいだ。

余計なこととは？

妙な期待をかける、というのはもうすでに俺のところに来る奴らが皆やってたことだ。それだけじゃなくて……あいつは、何かを俺に注入しやがったのだ。あの婚約者の男が持ってた金槌でギタギタに叩き潰されたお前の右手を握って。

それが俺に空いた穴みたいになって、次の朝からは周囲の期待が俺の体の中に入ってくるような気がする。

理学療法士のお姉さんが俺の動かない足を曲げたり伸ばしたりしながらかけてくる前向きな言葉をこれまでみたいに聞き流せなくなった。

「お、今日は何だかいつもよりさらに顔色が良くなったように見えるね」

「いいね。体に温かみが戻ってきた気がするね」

「あれ？上手だね。……あはは。何が？って思ってるでしょ。でも、こうやってマッサージをただ受けてることにも上手い下手があるんだよ？」

お姉さんの手がいつもより温かく感じる。

看護師さんの語りかけや医者の説明もこれまでよりさらに柔らかく聞こえる。

そして何よりも、俺自身、そういうホヤホヤと空中に浮かび上がってしまいそうなぬるい風に身を任せてしまってもいいかな、みたいな気持ちになってくる。

いやいや何を考えてるんだ。

これは俺の体ではない。俺の人生でもない。

お前のものなのだ。

腐り切って人に迷惑をかけまくった挙句にどこかに消えた最低の屑のこれからを俺が背負う理由なんてない。

が、左足の親指がピクリと動くようになったくらいでお姉さんたちが喜んでるのを見ると、この人たちの導きに応えたいという気持ちが湧いてくる。

お前を殺すことがとんでもない裏切りみたいな気がしてくる。

そして俺は、人生を生きていないとわからない、という易きに乗っかってるだけのずるい感覚に囚われていく。

真っ当に生きる、というポジティブなイメージが、これまでの全てをチャラにしてるようなまやかしに俺の足りない脳が騙される。

アホなことだ。

目覚ましは過去からやってくる。

石でお前を殴り殺そうとした兄弟の叔父が、甥っ子たちの仕事を終えるために俺に会いに来る。

3

集合意識みたいな曖昧な感覚としての存在だった俺が、血が通い電気信号で働くリアルな脳を持ったことで初めて思考というものを行ったことで俺にはわかる。

生命は尊い。

お前のようなクソよりクソいクソクソのクソに対しても皆が期待をかけてくれるのは、お前が生命だからだ。

生きていること自体が善を行うことと同義なのは、生きるために人は周囲により良きものをもたらすことが決定付けられているからだ。

別に難病の治療薬を見つけなくていい。世界平和を実現するためにこの世に遍《あまね》く広がるような思想やスピーチを捻り出さなくてもいい。善とは、優しい微笑みであり、温かい声がけですらなくていい。その根本は、自分が大事であると認識することだけだ。他人になす何かではない。自分を許し、励まし、正すことなのだ。他人への振る舞いはその後にすぐついてくる。

お前がいなくなったのは、お前の命がお前に耐えられなくなったからだろう。他人を苛むことでひたすらお前自身の命を追い込んでいったお前を、お前の生命は取り換えたのだ。俺と。

そしてお前の命は俺の魂とともにまさしく善をなす。たいしたことはもちろんできない。体の中でまともに動く箇所はどこにもない。でも俺がお前の顔で笑うと周囲の人々は喜ぶし、真面目にリハビリに取り組むだけで皆小躍りでも始めそうなくらいにハッピーそうだ。

看護師のお姉さんに対して温かい気持ちを与えるという物差しにおいては治療薬の発明とほとんど変わらないんじゃないか？

つまらない量的換算はともかく俺は善の道に入る。

今はぎこちない笑顔を作るくらいしかできないが、新薬開発なんて脳が具体的に足りないから無理なのも承知だが、それでも俺は俺なりの善をお前の体で成し遂げてみせる。

その決意をもって、俺はお前の体と人生を引き受ける！

とむふむふやってたところでおじさんがやってくる。

俺は昼食の後の昼寝をしているところで、ふと気づくとカーテンの中に人影があり、見ると知らないおっさんで、俺を見つめる目に怒りがあって、

「騒ぐな」

と静かに言って俺に差し出して見せた右手に握られてるのは三徳包丁だ。そしてそれがブルブルと震えている。

「ふれねへふふへ」

と俺は言う。おじさん誰?と訊いたつもりだったのだが、まだ言葉がはっきりしてないことを失念していた。

「ああ?」

とおじさんが言うが、もう一度言い直してもあまり変わらないだろうから俺は黙っている。

するとおじさんはあの兄弟の名前を言い、

「あいつらの父親の弟だ。あいつらのことは自分の息子みたいに可愛がってたからな」

それからポケットから大きな石を出して俺のベッドの足元に置く。その重みで布団とマットレスが俺の足を挟んで沈むのが麻痺した中でも少しわかる。

見た目、あの石には似てないし、現場検証などで凶器になった石は警察に回収されてるんじゃないだろうか？それとも警察は石なんか拾わないだろうか？

違う石だ。

でも同じ意思だ。あれ、洒落みたいになってるぞあはは。

俺は目を瞑る。

すげーあっという間に善なる道への決意も無駄になったな、とまずは思う。このボロボロの体を出来る限り回復させて最大限人のために頑張ろうと思っていたが、まあ、でもそれも甘えだったか。

どれだけポジティブな心構えをしたからって、やったことは無かったことにはならない。

もちろん、残念だと思わないわけじゃない。

俺は俺だ。お前とは違う。

でもやっぱりお前でもあるし、……そういえば俺はお前であることを引き受けると決意したんだったんだから、つまりはこういうことも俺として、お前として、正面から受け止めなくてはならない。

それに、これから善をなすから、なんて相手には通じないだろうし、お前のやったことは酷いし、俺みたいなぽっと出の命には出る幕はないってのもあるしね。

あ〜クソ、つまり今からとびきり痛い目に遭うのか。石で殴られてたお前は凄く痛そうでもあったが、でもあれは子供の振るう石で、力が足りなくて上手く致命傷を与えられなくて何度も何度もガチガチやられなきゃならなかったから痛みも長引いたってことなら、大人の力でちゃんとやればそれは一瞬で終わるかもしれない。

そうであって欲しいと思うが、それはもう、お前の体を持つ俺には望むべくもないかもしれない。

そうだな。

うんうん、と俺は頷き、目を開け、顔を上げ、おじさんを見つめる。

おじさんにもうん、と頷いてみせる。

それから右手でコントローラーを取り、ベッドの背もたれを最大限上げる。

それから頭をできるだけ前に垂らす。

叩きやすいように。

こうやって痛みを最小限にして死のうとするのはずるいだろうか？

お前の体は、もっとふさわしい程度の苦痛を味わうべきだろうか？

でもそれを感じるのはお前の脳にしても、俺の感覚でもあるんだよな、と思う。そして、この病院で目覚めてからずっと痛みばかりを味わってもう慣れたかなと思っていたけれど、やはり頭を殴られたりは初めてなのでやっぱり怖い。ごめんだけど一撃で決めて欲しい。できたら痛みを感じる余裕もないまま、的な素早さだとありがたい。

さあどうぞ、と思って待つが、しかしガツン！はこない。

足元のマットレスもへっこんだままで石が持ち上げられる気配もない。

顔を上げて見る。

おじさんが泣いていて、おいおいしっかりしろよ！と思わず思う。あの兄弟は子供だったから仕方ないと思ったけれど、こんなおっさんがビビるなよな！

「お前……どうしてそんなふうに逃げるんだよ！」

とおっさんが怒鳴る。

わっ、周りの人に気付かれるぞ、と俺が焦る。

シー、と一応右手でやるけれど、伝わらないみたいでおじさんが続ける。

「どうしてごめんなさいができないんだよ！」

うん？

あ、謝罪か。

確かに俺はお前と入れ替わったって立場だったけれど、これからのことしか考えていなかったし、これまでの責任についてはほとんど一顧だにしなかった。いや正直、今回の件ではお前は殺人未遂の被害者だったしかなりやられていたから、それで制裁は終わって、なんというか、あの兄弟に対してお前がやらかしたことについてはある程度チャラになっていたような気持ちだった。それで買った恨みで殺されても文句は言わないよと思ってたけど、そう思ってたってことは、文句を言う余地が俺の思う道理の中にもわずかながらあった訳だ。

でも確かにあの兄弟をああやって追い詰めたのはお前なのだし、それであいつらは警察に捕まったりしたのだし、お前もうっかり生き延びたふうに見えたりして兄弟の家族や親族は辛い思いをしたんだろう。

お前はもう謝れない。

それはもう俺にしかできない。

俺の偽物の謝罪でいいのだろうか？

いいか。それを求めてるんだから。少なくとも慰めにはなるだろう。

でも俺のごめんなさい、は

「ほれんささみ」

と食い物みたいな言葉になる。

その感じがおじさんにも伝わったみたいで
「ふざけてんのかよ……」

と涙声で言う。

ふざけてない。

俺はお前の首を振る。もう一度頭を下げる。

「ほれんささし」

もう一度トライするけれど語尾しか変わらない。

無理だ。

俺は頭を上げ、右手でそばに置いておいたメモを引き寄せ、それからペンを取る。まともには持てないのでぐっと握る。それもちゃんとは握れてないのだが。

『ごめんなさい』

とヨレヨレの字で書く。

「謝りゃ済むって思ってるんじゃねえだろうな」

とおじさんが言うので俺は首を振る。

俺はペンの先で足元の石を指し、それからお前の頭にツンツンとやる。すると
「どうなってんだよ……！」

とおじさんが戸惑うような声を出す。怯えるんじゃねえよ、と俺は思う。でも同時に、あ、このアホに俺を殺すことはできないかもな、と思う。周囲が騒がしくなっている。大声で人を呼ぶ声も聞こえてくる。この調子じゃ間に合わないだろう。

俺は善への道へカムバックだ。

男性看護師の声が

「はいちょっと開けますよ！」

と言ってカーテンを開ける。

その直前に、俺は右手を伸ばし、石を摑んでお前の腰の脇に隠す。

看護師さんの接近に慌てていたおじさんよりも素早く。

リハビリの成果かしら？

「何やってるんです？あなた、どなたですか？」

おじさんはまともに答えることが出来ない。

俺はまた右手を口元にやる。

おじさんが黙る。あ、通じてた。

俺はベッドを囲んでいる他の看護師さんににっこりと笑いかける。

が、そんなことであーなんだ別に何もないのか続きをどうぞどうぞとはもちろんならない。

「ともかくこっちに。面会には規則と手順がありますし、勝手に病室に立ち入られたら困ります」

と言って看護師のお兄さんがおじさんを立たせようとするのを、俺は咄嗟に食い止める。

お前の喉を使った、歌で。

「らあ〰〰♪」

まともな言葉を発することもできないから、ららら〰しかできないけど、ともかく歌う。

「らららららあああ〰〰〰〰♪」

皆が時が止まったみたいに動きを止める。

歌を歌うなんて初めてだ。

よく考えたらお前が歌ってるのも見たことがない。音楽の時間は口パクで、ただ時間が過ぎるのを待っていたお前。ピアノの横で立ったまま口を閉ざし、音楽の先生がギャーギャー言うのを聞き流していたお前は妙に毅然としていた。

ははは。

歌ぐらい歌えばいいのに、と俺は思っていたが、お前はお前なりの理由があって歌わなかったんだろう。

「ららら〜〜〜ららあ〜〜〜ららあああ〜〜〜♪」

なんか、それでいいじゃないか、と突然思う。お前の理由がどれほどくだらないにしても、歌を歌いたくないというなら歌わなくていいし、俺はそういうお前をずっと見ていたからうんざりしていたけれども、今思い返すと、お前が歌を歌いたくなくて、絶対歌おうとしなくて、最後までちゃんと歌わずに済ませたことが立派だったような気がしてくる。

あれだけ教師に怒鳴られ喚かれても嫌なことを嫌々やるということがなく、やらなかったお前。

「らああああららららあああ〜〜〜〜♪」

その頑固さで、人に迷惑をかけ続けたお前は、人に殺されることを目指していた。石で殴られながら、それを待っていたのではなく、能動的に、石で殴らせ、死へと邁進していたんだ。

俺はそれを理解していたし、それを応援もしていたのだ。

人はそいつなりに生きるしかない。

自分の願いを叶えるしかない。

ブレるのは容易い。

ブレずに求め続けるのは辛く苦しい。

でもお前はそれをちゃんと、歌を歌わないみたいに絶対的な意志で求めていたんだ。

「らららあああ〰〰〰！♪ららあああああ〰〰〰〰〰！♪」

まあいいか。お前はクズの帝王で、それを俺だけが認めるくらいはしてやってもいいか。

お前みたいなチビが突っ張って突っ張って突っ張り切ったのを俺だけがちゃんと見ていたんだ。

俺はベッドの下に石を落とす。

ベッドの高さなんてたかが知れてるが、首吊りだって足が浮いてなくてもできる。

高さが問題じゃないんだ。

意志だ。

石。あはは。

俺の落とした石の音に気がついて看護師さんたちが反応を始める。

「ららら　ららら　らららららあああ～～～！♪」

俺の歌も効果切れだが程よく歌い上がった気がする。

俺は体を横に倒す。

結局窓までは到達できなかった。

でもできるだけの高さと勢いでいく。

ちょっと頭をのけぞり、それからガッと、全力で床の石に頭をぶつけてみせる。

ガン！

あの兄弟に空けられた穴の跡にバッチリ石が食い込んだらしくて、俺はお前を殺すことに成功する。

お前が求めたものを俺が与えることができるなんて、とちょっと感動すらあるよ。

これは善だ。

いや違うかも知れないけど。

俺はお前のことがずっと嫌いだったから、これで俺の気持ちも少しはスッキリするし、これであらゆることが全てあるべき形で収まった……というふうにも思えるが、
それでもやっぱり俺は悲しい。

お前のやりたいことが死ぬことじゃなければよかったのにな。

お前が適当にお前のやりたいことを諦められるような、普通のやつだったらよかったのにな。

お前、どこにいるんだよ。

俺は床の上で石に頭を載せたままできるだけ周りを見渡すけれど、お前はいない。

俺が死ぬとき、お前の後ろにいたときみたいにお前の死体をまた外から眺められるかな、そのとき俺の後ろにお前がいたりするのかな、と思うけれど、死んだらそれで真っ暗ぽんでおしまいで、何も見ることはない。

あいつがあの山で自分は死んだのだと思ったのならそれであいつは満足だろうし、その後始末をあいつが知らないまま俺にできたなら、それが俺の成果ってことでいい。

これでとりあえず全て良い。

全て良いなら善ということで、やっぱりいいですかね？

よくなくても別にいいのだけれど。

春嵐
はる
あらし

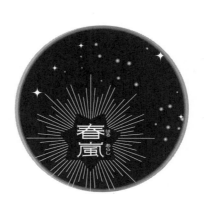

1

　私のうちの犬はストーム。本当はヒョードル・ミハイロビッチって名前を父がつけたのだけれど誰もそんな名前では呼ばなくて（誰も憶えなかった）、しばらくは『犬』って呼んでたのだけれど、凄く大きな声で鳴くし落ち着きがないところから兄が名付けたのだ。朝起きてきて、それが月曜の朝だと
「ストーミー・マンデー！」

　と叫び、それに呼応するみたいにしてストームもワンワンワンワン！と鳴いて走り回る。兄は爆笑している。犬は何故か牙を剝き出しにしてグウウウと唸り出す。怖いんだけど。

「ストーミー・チューズデー！」

「ワンワンワンワンワンワン！グルルルウウウウウ！」

「ストーミー・ウェンズデー！」

「ワンワンワンワンワン！グルルルウウウウウウ！」

「ストーミー・サーズデー！」

「ワンワンワンワンワン！グルルルウウウウウ！」

以下略だけど本当にうるさい。でも兄とストームは割と仲が良いみたいだしストームも今にも喉に食らいついて首を噛み切るぞみたいなふうなのに実際には何もしない。でも不安定なストームの機嫌を兄が煽ってからかってるみたいに見えたからあんまり二人のやりとりは好きじゃなかった。

「はあ？なんで俺が可愛い飼い犬を煽ったりからかったりすると思うのよ」

と兄。

「してるじゃん」

「全然！ハイファイヴしてる感じよ。イエーイ！ってさ、朝はさ、上げてってるの、お互い」

「うるさいしストームなんか怖いから迷惑なんだけど」

「怖い？」

「って言ってるじゃん」

「怖いか〜〜〜。あはははは。ウケる」

何が？

全く関係ないけど私はこの、誰かが笑ってるときに言う『ウケる』とか『面白い』とかが苦手だ。『笑える』とか『爆笑』とか。本当に面白いんだったらただ笑ってればいいはずじゃん。そういう言葉を付け加えると嘘臭くなるし、嘘なんだな、と思う。泣いてるとき『(シクシク) 悲しい』とか言わないでしょ。言うと嘘っぽいって言うか、アピールっぽくなる。

兄の場合は私が嫌がるのを知っててわざと言ってるのかもしれないけど。

《優しいお兄さん》ってどこにいるんだろう？

友達のきょうだいも皆年上は嫌な感じらしい。

でもまあ友達の何人かみたいに
「本当に死なねーかなって思うよ」

とか
「いや死ねまでは思わないけどいなかったらよかったなは思うなー」

とかみたいには思えない。腹が立つことも多いけれど、好きだと思うことも当然の如くにないけれど、普通に仲良いし、好きかと言えば好きだ。うーん。いや気持ち悪いけど、兄妹ってこんなものかなとは思っている。私はからかうって感じにはならないけど、嫌なことを言ったりはするし、お互い様だ。兄だって私のことをむかついたりたくさんしてるんだろう。

さて信じがたいことに兄には彼女がいる。会ったこともある。彼女さんの前だと兄が普通に《いい彼氏》っぽく振る舞うのが気色悪くて嫌だったが、彼女さんはいい人って感じだったし、まあそんな彼女さんを逃したくないからそりゃ《いい彼氏》やるよな、と思う。

「はあ？失敬な。まるで我輩が演技してるみたいじゃんか」

と、思ったことを言った私に兄が言う。

「してるじゃん」

「何一昨日生まれましたみたいなこと言ってんだよ。ナイーヴか。家族ん中で俺がお前に対してと親に対してとで全く同じに振る舞ってると思ってんのか？」

「同じにやってんじゃん。毎朝ストーミー！ってやってるときもお父さんもお母さんもいるじゃん」

「お前そこ拘《こだわ》るね。いや、俺がそれやってること親に隠したりはしてないっつの。俺の振る舞いってのは、俺が何してるかじゃなくて、どう対するかの話よ。俺が今お前に話してるみたいな口調で親に話したりはしないだろ？」

「してない？」

「してねえよ〜！頼むよ。え？してる？」

「や、わかんないけど」

「俺もわかんなくなったけど。してねえよ。少なくとも親のこと『お前』とは呼ばねえだろ」

「まあね」

「それと地続きよ。俺は俺だよ。別に隠し事はしてないけど、人に対する当たり方は普通に人それぞれで違うってだけ」

「でもなんか、盛ってない？《いい彼氏》風に」

「盛ってないとは言ってない！」

「あはは。じゃあ演技じゃん」

「違う違う。ナイーヴかよナイーヴかよナイーヴかよ。あのなあ、まず俺の気持ちがあるの。それはお前とかに対するのとは全然違う、愛情ってもんがあるわけ。家族としてはお前のことも愛してるよ？んーマ！」

と投げキッス。気持ち悪いっつの。

「彼女への気持ちが別物だ、くらいわかるだろ?俺はね、彼女をものすごく大事にしたいわけ。大切に、丁寧に、ちゃーんと付き合いたいし、まともにこれを続けて、繋げて、高めていきたいわけ。だからそれをしてるの。演技とかじゃなくて、本心から心底からね。これは自然なの。好きな人に対していい人風になるのは、真面目に向き合うと、みんなそうなるっていう統計的な結果なの。エントロピーなの。言葉の扱いはちょっと違うかもだけど」

『エントロピー』なんて初めて聞いたからよくわからない。

「ふうん?」

「納得いってないようだけど、お前、これ理解しとくことは大事よ?お前にも恐ろしいことに彼氏とかできるだろう。できて欲しい!」

「うるさい」

「でもそのとき!お前が彼氏のいい彼氏ぶりを疑ったりしたらその彼氏がかわいそうだからな!それを理解できないお前もかわいそうだからな!」

「うるさいって。それに大丈夫だよ」

「え?何が?」

「私に彼氏ができたら、私も自然と《いい彼女》やってるはずだってことでしょ?」

「おお!凄い理解早いし深い!何だよ!」

本当うるさい。

と思うけど、ストームは兄に影響を受けてああなんだろうか？犬は飼い主に、って言うから。

あるいは兄の方が、物知りなのはともかく何かの能力が低くてストームの影響を受けてるのだろうか？

ストームが来る前の兄がどうだったかなんて憶えてないし、前はもう少し落ち着いてたような気もするし、そもそもこんな感じだったって気もする。

どうでもいい。

私に彼氏か。

それはまだ想像できるけど、私が《いい彼女》をやってるところがちっとも浮かんでこない。

《いい彼女》って何？

そんなの定義したくない。気持ち悪い。

気持ち悪いことが多い年頃なのだ。

あ、ストームはフレンチブルドッグっぽい雑種です。

2

さて兄カノさんには下に弟くんと妹さんがいるのだけれど、高校をもうすぐ卒業する弟くんのほうがトラブルに巻き込まれている。

ちょっとややこしいけど説明すると、兄カノさんのお父さんは奥さんを、つまり兄カノさんのお母さんを妹さんが生まれてすぐに亡くしてるんだけど、この数年間付き合ってきた彼女さんがいて、その人と結婚の話になったのだけれど、その彼女さんがまだ若くて二十六歳とかで、どこかのお店で働いてるんだけどそこでアイドルっぽくなってて変なファンクラブみたいなのがあってそこでそんな結婚認めないって勝手に盛り上がったらしい。

そんなの放っておけばいいと思うけど妙な暴走が始まっていてアイドルさんを守るの体《てい》でお父さんへの攻撃が始まったらしい。頭おかしいんだけど、興信所のふりして近所の人たちに適当な探りを入れた後お母さんの死因は病気ではなくお父さんによる殺人だ、みたいな怪文書を近所に撒かれたり、お父さんのふりをして、お母さんのことでお世話になった病院を訴えるぞと脅して見せたりしたとのこと。お父さんは警察に訴えたり近所にも病院にも説明したりして大変で、そのファンクラブのメンバーを数人名誉毀損で訴えたけれども相手も巧妙だったみたいでのらりくらり結局大変さが増しただけで、いよいよ疲れ果てて彼女さんとは別れてしまったらしい。彼女さんもお父さんを支えていたしそのファンクラブへも果敢に反撃していたみたいだけど、彼女さんへ危害が及ぶのが怖かったお父さんがその彼女さんを結局抑えなきゃいけなくてそれもまた負担になってしまったのだそうだ。で、痩せたし髪の量も減って病院通いまで始めたお父さんの申し出で泣く泣く彼女さんも別れることに賛同し、慰謝料っぽいお金を置いて去ったのだけれど、それで全ておさまるかと思いきやそのファンクラブが崇める対象を彼女さんから兄カノさんの弟くんに移したらしい。

「え？」。私には一瞬意味がわからない。「妹さんじゃなくて？」

「弟弟。あれお前見たことないんだっけ？ちょっと可愛いよ。まあ普通に男子だけど」

　でも兄カノさんの弟くんはそういうことがたまにあるらしかった。女子にも普通にモテるらしいが、何故か男性にもモテて、でもその場合その相手は大概ちょっと変でろくなことがないらしい。

「アホ男を引き寄せるんだと」

　と兄が笑って玄関に行く。ストームを連れて。

「散歩？どこ行くの？」

「あ、救出作戦？」

「はあ？」

　ほんのさっき兄カノさんから連絡があって、弟くんが下校途中で黒いワゴン車に連れ込まれたのを同級生たちが見ていて、大騒ぎになってるらしい。警察も出動済み。ナンバーの目撃証言もあって大規模な検問とかも行われてるって……え？で、救出作戦って？

「弟さんを助け出すってこと？」

「当たり前だろ」

「どういう当たり前なのよ。居場所わかんないのに救出作戦も何もないでしょ？」

「だからストームの出番よ。犬は鼻が利くからな」

それは警察犬とか、訓練された犬の話じゃないの？と一《イチ》か八《バチ》かを試そうとする人に言っても仕方ないかな？

と言うか、おそらく何もせずにじっとしてられないからできることとやっとこうとという、まあ言葉は悪いけど気持ちの上でのアリバイ作りみたいなもんだな、と私は思い、じゃあ散歩代わりにはなるかと送り出すことにする。

「危険なとこには行かないでね」

「了解」

で、ちょっとソワソワするけれど私にこそできることは一つもないので集中できないけど映画を眺めながら兄の帰宅を待っていると、兄カノさんから泣きながら電話がかかってくる。

兄が兄カノさんの弟くんを見つけて一緒にいた男の人たちと乱闘になって怪我をして病院に運ばれたらしい。大怪我だけど命に別状とかはない、とのこと。

もう私は最大級の
「えっっっっっっ!?」

って大声を発するしかなかった。

兄、やったの⁉

凄い！

怪我⁉

大丈夫⁉命に別状ないって言っても、大怪我⁉

私は親にも連絡を入れてから教えてもらった病院に駆けつける。

兄は頭を殴られてもいるから、ということで観察を受けつつ個室に入れられてて、兄カノさんは警察の人に事情を話してるらしくて私一人で入ると第一声
「あ、お前、よく来た！ストーム探してきて！お願い！」

と叫ぶ。

「え？どうしたの？」

「ストーム喧嘩始まったら速攻逃げたんだよな。知らない場所だし迷子になってるんじゃないかな」

「は……？いやお兄怪我どんな感じなの？」

「いや俺は全然平気。いいからストームストーム」

「待って待って。ストームは後で探すからお兄の怪我のこと教えてよ」

「頭殴られてくも膜下出血したけど薬で治るみたいだし肋骨五本と左の鎖骨と右腕の

上の骨と左足のスネの骨と爪先の骨が折れてるのと両手の拳がバキバキで左の肺が半分になったけどそれはもう膨らましてあるから大丈夫！もういい？早くストーム探しに行ってええええ〰〰〰！」

と声を裏返して悲鳴を上げられてしまったので大丈夫って感じじゃないように聞こえたけどとりあえず部屋を出るしかない。

「場所どこらへん？」

「多摩川の河川敷！」

「最寄駅は？」

「京王多摩川！」

窓の外を見ると夕焼けだ。もうすぐ暗くなる。

でもつまりその分ストームも寂しいだろう。

「お兄、ストーム偉かった？」

「あいつがMVPだよ。俺はアホだ。まっすぐ突っ込まずにもっとなんか考えればよかったよ」

そうか。でも現場でとっさの判断ってことなんだろうしな、と思うけど、私が言っても言葉が軽いだろうし、ともかくじゃあストームを探すかな、と思う。

親に兄の具合を説明してストーム探しに行くと伝える。後回しでもいいんじゃないかと言うけど兄が心配してるからと言うとまあ怪我人に他の負担与えてもね、ということで了解される。

「気をつけてね」

と父は言う。

母は

「その変な人たち、まだそこらへんうろうろしてない？あんたも巻き込まれたりしないかね？」

と言う。

しないいしない！

弟くんを狙ってた人たちだし、私のことなんか興味もないだろうし、そもそも私の存在なんて知らないはずだ。それにその問題のファンクラブは今警察の人たちに皆事情聴取をされてるって話だし。

……でも何となく母に不穏な風を吹き込まれたことでぼんやりと怖いかも……みたいになってたら玄関ロビーで兄カノさんに声をかけられる。

「どこ行くの？」

「あ、ストーム探しに」

「え？」

「あ、うちの犬です」

「ストームくん？」

「ストームちゃんです」

雌です。

「雌だったんだ……」と笑ってから兄カノさんが言う。

「私も、行っていい？一人で見つけるの、大変じゃない？」

「え？でもそちらは兄についていてた方が……」

「いいの。私、ちょっとまだ落ち着いてなくて……」

と言う兄カノさんは腕を組んで身を縮めていて、肩が震えている。

じゃあ気晴らしにいいのかな、と思ってＯＫする。

「他の人にちゃんと言っといてくださいね」

3

病院を出て兄カノさんとタクシーに乗り、京王多摩川の駅に向かってもらおうとして私は気づく。

「あれ？あの、今日のことの現場って知ってます？」

「うん」と兄カノさんは運転手さんに言う。「京王閣の裏の方に回ってもらうと堤防沿いにおでん種のお店があって、その脇の階段のところで停めてもらいます」

で車が出る。

川で犬探しか、多摩川の河川敷は広いし海まで伸びてるわけだし堤防を越えれば住宅地でどこまででも行けるのだから見つかる気がしないけど、まあいいか、とりあえず探すだけ探してみよう、という気持ちで向かっているが、そう言えば弟くんを探すと言う兄とストームを送り出したときもどうせ無駄だろうって思ってたなと思い出し、それが驚きの結果になったことを考えると、ひょっとしてまたストームは私を驚かしてくれたりして、と思う。

隣でまだ震えてる兄カノさんの弟くんは、そういえば無事だったんだろうか？

車に押し込まれて連れ去られて……犯人たちは弟くんをどうするつもりだったんだろう？身代金目的の誘拐じゃもちろんないわけだし、公衆の面前で拉致したりして、じゃあ解放して終わりってわけにはいかないだろう。実際警察は出動していたし、遅かれ早かれ逮捕とかされてたはずだ。そんなことに見合うほどの何かがこの拉致から得られるだろうか？

そんなわけない。

見つかるまでの短い時間の間に爆発的に自分たちの欲求を満たそうとしたはずだ。

弟くんが無事なはずはない。

「ありがとうね」

と唐突に兄カノさんが言う。

「あ、ごめんなさい。何がですか？」

「弟、見つけてくれて」

「私、何もやってないです」

「でも、皆さんにお世話になったようなものだから。あと、ごめんなさい。お兄さん、怪我させちゃって」

「それもそっちがやったことじゃなくて、本当に悪い人がやったんですよ」

「うん。そうなんだけど、迷惑かけたのはこっちだから」

「うーん。あんまりそんなふうに考えなくていいんじゃないですか？」

「……何で？」

「兄もやりたくてやったことだし、もっと上手くやれる方法あったはずなのに失敗したなって反省してました。大事なのは弟さんができるだけ早くに見つかったことですし。それに、兄も暴走して、そっちに迷惑をかけてないとは言えないんじゃないですか?心配させてるわけですし」

「……私の心配なんてどうでもいいことだけど」

「でも兄も心配だから弟さんを探したんだし、心配って結構大きなことですよ」

「……うん。そうだよね」

うん?

そういう風に言えば、そのアホのファンクラブ会員たちが兄カノさんのお父さんの彼女さんについて奇行を重ねた原因も《心配》だったのだろうか?彼女さんの身を案じたんだろうか?自分たちのよく知らない男性のことを疑い、不幸せになるんじゃないかと危惧して、彼女さんを守ろうとして……？

いやいや全然違うだろう、その人たちのやったことは犯罪だし言っていたことは嘘だし信じていたことは無根拠だしまともな側面は一つもない。《誰かを守る》を盾にして私利私欲のために他人に迷惑をかけただけだ。

……と言葉にしていて思い返すと、本当に全然違うのだろうか？という疑いがふと浮かぶ。

兄だって《誰かを守る》を盾にして私利私欲のために他人に迷惑をかけてないだろうか？

弟くんを守るを盾にして、兄カノさんにいい格好をするために大怪我して周りの皆に心配をかけて……？

いやいやいや、やはり違う。私たちの心配なんて弟くんの身に起こっていたことに比べたら大したことじゃない。

でもそんな比較、本当に可能だろうか？

あれ？なんか兄が言ってた怪我の内容、酷くなかったか？くも膜下出血とか言って、脳の血管が破れたってこと？肺が半分になったとか言ってなかった？膨らんだからもう大丈夫とか……本当？全身のいろんな骨が折れたって言ってたけど……兄の身に起こったことは、弟くんの身に起こったことに比べてマシだったのか？

兄があっけらかんとしていたし元気そうだったしでなんとなく大丈夫そうな気でいたけど、私の心配はもう終わっていいの？まだ心配はしてなくちゃいけないんじゃないの？そして、そうだよ。自分で言ったことだけど、心配って、大きなことだよ。兄は私をこんなふうに心配させるべきじゃない、っていう風に訴えることだって私にとってはありなんじゃないの？弟くんのことでなんとなく言いにくいってだけで、でもそんな遠慮ってそもそも妥当なの？

兄が死んでたら、弟くんのことより大変なことになってたんじゃない？

つまり、兄は、もっともっと大きな迷惑を周囲にかけてたことになるんじゃない？

でもそんなことにならなかったからいいのか？

今の、この現状って、良かったことなのか？

よくわからないけど、答えなんか出そうにないし、病院から目的地は案外近い。考え事してたせいかもしれないけど。

兄カノさんがタクシー代を払ってくれる。降りる。夕日が沈む前にとりあえず堤防まで来れた。おでん種屋さんの脇の階段を上がる。河川敷にサッカーグラウンドと野球場が並んでいる。

ストームの姿はどこにもない。

「あそこ」

と兄カノさんが指差した方向にパトカーがたくさん停まっていて、黄色いテープが張られた真ん中にプレハブの小屋がある。まだ何か調べ物をしてるようだ。

兄カノさんが堤防の草むらの中に屈んで、どうやら吐いてるみたいだ。

私は背中をさすってみる。それが正しいやり方かどうかなんてさっぱりわからないけれど、そうするもんだろうと思ったので。

兄カノさんが蹲《うずくま》って泣き出して、その背中をさすり続けている。背中が震えている。汗ばんでいる。女の人の汗に触るのは初めてだ。手のひらと指先にブラが当たる。

「ごめん、ありがとう」

と兄カノさんが言って私は首を振る。

心配なんてどうってことない、とも思う。勝手にやってることだ。謝ってもらうようなことでも感謝してもらうようなことでもない。

「弟ね、大丈夫だったの」

と兄カノさんが言う。

「え？大丈夫って……どのレベルの話ですか？」

命を取り止めたとか、発狂せずにすんだとか……？

「無傷だったの。本当に、指一本も触られてないって。車も、無理矢理押し込まれたってよりは、強引に誘われて、ちょっと背中の方に手を回されたってくらいみたい。でもそのときも触られてないんだって」

「え？あ、そうなんですか？じゃあ良かったじゃないですか。良くないけど」

「良くないよね？」

「良くないです。でも、もっと酷い目に遭う可能性だってありましたよね？」

「やめて。気持ち悪い」

兄カノさんがまた吐いてしまう。

想像だけで？

でもリアルに考えてみると確かに気持ち悪い。

「ごめんなさい。でも弟さん、じゃあ何されてたんですか？」

「……ごめん。犬、ストーム、探そ？」

と兄カノさんが立ち上がる。

それで私ももう一度周りを見渡す。

犬がどこかに隠れる場所なんてあるだろうか？

そして今ストームが見えないから次の場所に移るとして、どこまで行けばいいんだろう？河川敷だけならかなり遠くまで見渡せている気がするけど……？

ともかく動こう。

「河原の方見ててくれます？私、住宅地の方探すんで。で、堤防をある程度行ってみて、また考えましょうか」

と歩き出した私に兄カノさんが言う。

「中の一人が告白するのをみんなで応援してたんだって。おじさんに囲まれて、おじさんが目の前でずっともじもじしてて……。小学生女子かよ……！」

げええ、とまた吐いているが、もう中身は出てないみたいだ。

犬のフンは持ち帰らなきゃいけないけど、嘔吐物はどうなんだろう？普通に考えて、放っておいていいってことじゃないよね？

あの嘔吐物を固める薬みたいなの、どこで買えるんだろう？薬局とかコンビニとかでも売ってたりするんだろうか？

「気持ち悪すぎる……」

と兄カノさんが言う。

　まあちょっと嫌な体験だけど、それで済んで良かったじゃないか、とやっぱり私は思う。良かったという言葉は違うのかもしれないけれど、でも、良かったじゃん？　言えないけど。

「あれ？でもそうなると、兄はやっぱり、勝手に事態を大きくしたって言うか、悪くしたんですかかね？」

　兄の暴走って感じじゃないか？

　兄カノさんは首を振る。

「それは絶対違う。警察の人が言ってたけど、なんかロープとか、用意してたんだって。……そんで、ノコギリも」

　おえええ、とまた空気を吐いてる。

「……中の一人が、ってことらしいんだけどね。……そんな用意してるの知らなかった人もいたみたい……」

　おええええ。おえええええええええ。

　じゃあやっぱり兄のやったことは悪いことじゃなかったのか？

　情報ごとに判断が揺れる。

　そういうものか？

そういうものだろう。

私はまた蹲ってしまった兄カノさんの背中をさする。

ブラの感触と薄い背中。兄カノさんはスタイルがいい。どうして私は今エロいような気持ちになっているんだろう？

人間の心の働きって馬鹿みたいだ。でもそれがいろんな方向に影響する。人が犯罪を犯したり大怪我をしたりする。

ストームを探さなきゃ。

そうだ。そこには罪はない。

私は兄カノさんを勝手に触るのをやめる。

それから住宅地を本気で見渡す。

ストームが出てきて欲しい。嘔吐物を撒き散らして私が兄の彼女さんにうっすら痴漢したってだけの夕方の河川敷にならないで欲しい。

でもストームはいない。

それから日が暮れて、マジックアワーと呼ばれる影のない明るさに包まれる。

そこに父から電話があって、ストームは家に帰ってきてると言う。

兄カノさんと少し笑う。

「帰巣本能って凄いね」

「本当ですね」

目的を失って、けど私たちはもう少し堤防を歩くことにする。

「ごめんね、こうやって二人で歩いてると、なんか気持ちがいいっていうか、落ち着くんだ」

と兄カノさんが言う。

「なんか、変な、いい思い出になりそうですよね」

と私も言って笑う。

何言っちゃってるんだ。

本当のことなのだ。

「私、好きだな、妹ちゃんのこと」

と兄カノさんが微笑む。

「私も」

と思わず私も応えるが、トーンがどんな風に聞こえてるのか、どんな風に自分が言ってるのか気になって、ちょっと黙る。

私は女の人が好きなのだろうか？と一瞬混乱するけど、流石にそんなのは短絡的すぎると思う。

心の働きの馬鹿さ加減に精通しなければならない、と言い聞かせつつ、私は兄カノさんと人生で最も印象的でじんわりと暖かくて、情景が美しくて、後から何度も思い出すような特別な散歩を続ける。二人ともほとんど黙ったままで、それがなおさら美しい。

縁《えん》起《ぎ》

1

娘が三歳五ヶ月になったころにふと思い立って面白半分に「生まれる前のこと、何か憶えてる？」と訊いてみる。「ママのお腹にどうやってきたか、とかさ。どうしてママを選んだのか、とかさ？」

すると娘が少し考えるような間を開けるのであれ？なんか親向けのサービスで適当な話をでっち上げるかもな、と思う。うちの娘はテレビの真似で掌を二つ並べて広げて即興の物語を作って見せたりするので、そういうんじゃ意味ないんだよな、と。

それから娘が言う。

「あのね、大きな空っぽの花瓶の中に豚さんと一緒に入ってたの。弟と。その花瓶は海に浮かんでて、水が入ってきたらみんなでそれ出したの。そうやってたら豚さんが私の番だよって言って、花瓶の下見たらパパとママがいて、そこに私、生まれるってなったの。でも花瓶の中、大変だったから弟も来なよって言ったら、豚さんが弟の順番はまた後で来るから今はダメだって。それに水が入ってきたら花瓶からそれかき出さなきゃいけないから手が必要だって。弟はお姉ちゃんと行きたい、お姉ちゃんと行きたいって泣いてたけど、豚さんが絶対ダメって離してくれなくて、これ以上ここにいるともう下には行けないよ、ずっとここで、永遠に水かきだよって言われたから、弟に、先に行って待ってるねって言って、降りたんだった。そう言えば弟、まだ来てないね。まだ水かきしてるのかな。早く来るといいね」

へえ、と俺は思っただけだけど、妻がキッチンで凄い形相で硬直していて、あれなんかヤバい！となった。

「あはは。面白いね」

と俺は一応言ってみたけど全く通じなくて、妻が

「それ、二歳のときにもママに教えてくれたよね。あの時はブッブがダメって言ったって言ってて、ブッブが車のことだと思ってたけど、ブウブウ、豚のことだったんだね」

と声をところどころ震わせながら言う。え？二歳のとき？そんな話してたの？

キッチンで夕ご飯の用意をしていた手を止め、手を洗ってタオルで拭いて、妻がリヴィングにやってくる。正座。

「前は弟の名前も言ってた。憶えてる？」

娘がちょっと怯んでいる。

「憶えてない」

「二歳のときはちゃんと言ってたよ」

「でも憶えてない」

「教えて？」

「……」

娘が黙って俯《うつむ》いてしまった。

「あはは。無理でしょ」

と俺が介入するけれど
「でも弟のことだよ？」

妻は真顔だ。

「弟ったって、まだ生まれてないじゃん」

「空の海の花瓶で豚さんと待ってるんでしょ？ね？お姉ちゃんはそこから来たんだもんね？」

娘を唐突にお姉ちゃん呼ばわりまで始めてしまった。

「待って待って。こんなの、事実って決まってる訳じゃないんだし」

「嘘だったの？」

と娘に訊く。

「きついって、言葉が」

「今この子の弟の話してるんでしょ？ねえ、嘘ついたの？」

娘が首を振る。

「嘘じゃない」

「当たり前じゃん」と俺は言う。「そういう光景が頭の中にあったからそれを話しただけだろ。どこにも嘘はないよ。そういう問い詰め方やめなよ」

「嘘じゃないならその話をもっと聞かせてもらってもいいでしょ」

「そんな、言質とるみたいな詰め寄り方する場面じゃないよ」

「そんなつもりない。でも弟は、豚に囚われて重労働させられてるかもしれないんだよ？」

「あはは！ちょ、何言っちゃってんの！あはははは！」

と思わず吹き出すが、妻はにこりともしない。

「笑えない」

「笑えるべきだと思うけど。豚さんの話がリアルに聞こえるの？ちょっと、こんな内容の話にムキになりすぎじゃないの？」

「胎内記憶は嘘だと思ってるの？」

「別になんとも思ってないよ。面白い話だと思ったからちょっと訊いてみただけで、それで子供の前世を探ろうと思った訳じゃない」

「一年以上前に聞いた話をもう一回繰り返したんだよ？この話には何かあるよ」

「だから、一年前にした話を憶えてただけだって。それに、弟の名前は忘れちゃったんだろ？つまり全てを憶えてた訳じゃなくて、一年時が経ったぶん順当に忘れた箇所もあるじゃん。普通だよ」

「で、その話をただちゃんと聞きたいだけなの。別にいいでしょ？それくらい」

「ダメだよ。ダメって言うのは変だけど、弟キャラのこと気にしちゃってるじゃん」

「キャラなんて言わないで！」

わ。

大声だ。大声が出たぞ。

妻もちょっと戸惑ったような顔をしている。

「……ほら、と言わざるをえないな」と俺は言う。「お話の《弟》と、俺らの第二子とをごっちゃにしてるじゃん。あのさ、海に浮かぶ花瓶の中で豚と暮らしてる話だよ?」

「知ってるって」

「お腹の中で見た夢の話、くらいに聞かないと」

「……じゃあもういい。この話はもうしないでね!」

と妻が娘にピシャリと言い、バッと立ち上がる。

娘の口元がワナワナと震えている。泣き出しそうなのを我慢しているんだ。

「パパが頼んでちゃんと話をしてくれたんだよ。ママがそんなふうに怒っちゃかわいそうだろ?」

とキッチンに戻った妻に言うが、返事はない。ガッチャンガッチャンとものに当たるようにして夕食の支度が再開される。

娘に
「ありがとうね。面白い話だったね」

と言うと娘が首を振る。

「弟のこと、置いてきちゃってごめんなさい」

うわ。

俺は娘と目を合わせて言う。

「その子はお腹の中で眠ってるときに見た夢の中に出てきた弟で、本物じゃないんだよ」

すると娘が首を振る。

「本当に、弟だったもん」

ま、子供には上手く整理できないか。

「そうだね。だとしたら、後から追っかけて生まれてくるかもしれないね。そしたら二人で花瓶の中の話、もっとできるかもしれないなあ」

と俺はもちろん《面白い話》の続きの体で娘に言うが、妻が作ってた食事をシンクに捨てるドーン！って猛烈な音が響いて、ギョッとしてるうちに妻が部屋を出ていく。靴を乱暴に履いてドアを開けて家も出て行ってしまう。

ええええ⁉

娘がまた震えている。

「ママは、お話の中の《弟》のことが心配になっちゃったんだね」

と俺が言うと娘も
「私も心配。忘れちゃってた」

と言う。

その《弟》が実在するみたいな空気になっちゃってて、これは良くないような気がする。

妻にメールする。

「さっきも言った通り夢の中の話みたいなものだし、その夢を見たこと自体を否定できないから話を合わせただけだよ。豚に囚われてる弟なんていません」

返事を待ちながら、娘にテレビを見させつつシンクの料理を片付ける。

返事がある。

「いたらどうするの？」

え？そっち方向で本気で信じようとしてるの？気持ちの整理がつかないってことじゃなくて？

「いないよ」

と返すが、

「そうじゃなくて、いたらどうするのって訊いてるの」

と戻ってくる。

そんなファンタジー前提の質問にどう答えたらいいのか……。

ちょっと考える。

「父親として、豚からなんとしてでも取り戻して四人家族で幸せにします」と書こうとしたけれど、こんな実現不可能なこと適当に約束するみたいなことで妻の機嫌をとったりしていいのかな?と思う。

「こんな話あまりちゃんとしてなかったけど、もう一人子供が欲しいって気持ちが強いの?」

すると返事はこうだ。

「そんなことじゃない」

だけ。そんだけかよ……。

俺の出方次第、みたいな様子見されるのが俺は苦手だ。

「もしもう一人子供が生まれたとき、胎内記憶の話になって、さっきの話と齟齬があったら娘を責めるの?その子を責めるの?そんなことしないでしょ?まさか、《生まれるべき子》が豚のところに残されてて、《間違った子》が来ちゃった、とか思うの?そんなはずないよね。そもそも面白い話だな、で終わりなものでしょ。もちろんその話を真に受けるにしても、そうか、魂の弟が豚のそばにいるのかもしれないね、その代わりに別の弟が来てくれてありがたいね、で、またこれも終わりでしょ。この世に生まれてきてくれてありがとうを伝えるための話なんだからさ」

と書くけれど、つまり妻が架空の《第二子》のことを心配しちゃってるという状況を収めることができるような気がしないので出さず、ちょっと悩み、あ、これだ、という返事を出しておく。

「いたらどうするって、いたら生まれてくるでしょ」

生まれてこなきゃそんな子はいないってことだ。

「そっか」

とひと言返事があって、それから妻が帰ってくる。片付いたシンクを見て

「ごめんなさい」

と言う。

その夜はピザを取って食べることにする。

そしてその半年後に妻が妊娠し、その三週間後にその子が男の子だと判明する。

俺は豚と花瓶の子の話を憶えているが何も言わない。娘も妻もそれには触れない。娘は忘れているんだろうが、妻はおそらく……いや絶対に憶えているはずだ。

その子が生まれる。

「やった」と分娩台の上で妻が赤ん坊を抱き寄せて言う。「ママ、海の花瓶からちゃ

んとこの子を取ってきたからね」

俺は息を呑む。

話を聞くと、ほんのたった今最後のいきみのところで目を瞑って深く深く潜り、海に浮かぶ大きな花瓶の中で豚に囲まれてる子供を見つけて、豚の抵抗を振り払って夢中で救い出したらしい。

さっきの《やった》は《万歳》的な軽い声じゃなくて、《やり遂げた》の意味だったらしい。

「私はやったよ」

と妻が満足げに言う。

おいおいおいやっぱりその話まだ続いてるのかよ、と俺は頭を抱え込みたくなるのと、へえ、凄い話が加わったねえ、あははという気持ちが同時に起こるが、やはり前者の方が強い。

この子が食い違った思い出を語り出したらどうするんだよ？

自分から進んで話をしたり妻に尋ねられたりする前に俺から仕込んでおくべきか？と思うけど、そんな誤魔化しは馬鹿らしいし、すべきじゃないと思う。

この、今人生が始まった新生児にも語るべきお話があって、それを邪魔する権利は誰にもないはずだ。

とりあえず今は息子の誕生を喜ぶだけでいい。

妻が謎の満足感に浸ってるのが気にかかるけれども、彼女のそのお話だって彼女がそれを信じること自体に問題はないのだ。

問題はそのお話に齟齬が生まれたときに、それにどう気持ちの整理をつけるかだけだ。

2

その息子が一歳を過ぎたくらいのときにテレビに映った豚を見て怖がる。激しく泣く。妻がテレビを消す。

「絵本の豚さんは平気なのにね〜」

と俺は何の気なしに言うが妻は何も言わない。なんだこの意味深な沈黙は？と怪訝に思ってからようやく海に浮かぶ花瓶の話を思い出す。完全に忘れてた……。

え？あれ？でもちょっと待てよ？

何この文脈。まるで息子があの話の《弟》で、《悪辣な豚たちに水かきをやらされて過ごしていた》みたいな設定に沿ってるみたいじゃないか。おいおいおいおい。

妻が何か話してるのかな？

あの海の花瓶の話を？

するかもしれない。

妻はあの話に乗っかって、出産時に《海の花瓶の豚のところから救い出してきた》と言っていたのだ。そうしたんだよーと息子に言わないなんて保証はない。むしろ自慢げに言ったと考える方が自然だ……あの分娩室での《大きな難しい仕事を見事にやり遂げて見せました》という顔。

でも俺の目の前ではそんな話をしたりしなかったし、俺と二人のときだって持ち出してこなかったのに……と思うが、つまりそれが妻が俺に邪魔されないよう俺を排除した結果だということにならないか？

俺が花瓶と豚の話を妻のようには信じなかったから？

いやいやでも、息子を洗脳するようなことをするか？一般的に言って、母親が？するかもしれない。それが《洗脳》だなんて思ってなかったってだけで。この世の手前の場所まで行ってかわいそうな息子を救ってきたみたいな話、単純に面白いから。ママ頑張ったんだよ~的なノリで。

そして俺にはそれを黙っていた？

パパにはその話、理解できないんだよ~ってか？

パパにはいまいち伝わらなかったけどママはちゃんと信じてて、ちゃんと救けに行ったからね！的な？

ええ……？

いや妻の中ではそのお話は本当なのだから何も変なことはしてないし息子を誘導してるなんて意識はないのかもしれないし、俺に対してある種の不信感があってもしょうがないのかもしれない。

あの娘の胎内記憶の話の夕方、妻は夕食を捨てて家を出ていったけれど、あんなふうに乱暴なそぶりをしたことはあの一度きりだしそれ以前もそれ以降もない。ずっと穏やかな性格だと思っていたし、俺に対しても敵愾心やそれに準じた何かがあるような気配は全く感じれなかった。

いや妻の性格を考えても、俺を陥れようと……例えば、あのファンタジーを信じようとしない唯一の家族として除け者に仕立て上げるとか？そんなことをするようには思えない。俺への愛情みたいなものは変わらず感じているし、普段からずっと仲良くしている。

だからもし妻が豚の話をしていたとしても、俺のことがどうこうじゃなく、娘と母親の体験した、ただの面白い話として話してたのかもしれない……っておいおい。

俺だってあの夕方、娘とあの胎内記憶の話を、ただ面白い話として聞いてたはずだ。

でもそれが今回は単なる《面白い話》ですまなくなってしまっている。

まるで立場が逆転してしまったような……違うかな？逆転ではないのかもしれないけれど、妙な立ち位置に嵌まり込んでしまっている。

なんなんだよ。

いや落ち着け。前回は娘の話を真に受けるか受けないか、だったのだ。

今回は……息子の話を真に受けるか受けないか、か？

妻は真に受けているだろう。

俺は……びっくりしている。

そうだ。びっくりしている。こんなことが起こると思ってなかったのだ。

つまり俺は前回の話を本当に真に受けたりせず、ただの面白い話として聞き流していた。

でも次に妻が分娩の際に豚の話の続編を作ったこと、そして今回息子が豚を怖がったことで、妙な話が膨らんできていることに気付いてしまった。

ちゃんと整理しよう。

俺はどう考えてるのか？娘の話は面白い話だ。妻の話は？……あくまでも娘の話が影響して、分娩の際に夢のような形で見たものだろうと思っている。つまり空想みたいなものだ。で、それはそれでいいと思っていた。空想を信じるのも自由だと。つまり、俺はそれに関しては特に何も感じなかったし考えていなかった。もしその話を真に受けていたら、その場でわあ凄い、妻よでかした、よくぞ《弟》を救ってきてくれたな、という感じになったのだろうか？でもそうはならなかった。俺はそれをまた聞き流していたのだ。

では息子の話は？

いやまだ豚を怖がっていたってだけでなんの話も出てきていないが……俺は、でっち上げだと思っている。つまり妻が娘の話を引き継いで語ったものが息子に影響を与えたのだと。

そうだ。俺は妻が息子にその話を吹き込んで、そのせいで息子が豚を怖がっている、と思っているんだ。

でもそれはなんの証拠もない、ただの決めつけだ。

でもそれ以外の理由はあるだろうか？

そしてそれが事実だったとして妻を責めるべきだろうか？

妻に悪気がないという予想は多分かなりの可能性で当たるだろう。

しかし子供が実際特定の動物を苦手になる理由を親が作ってしまっていいのだろうか？子供に語るお話っていうのは、そういうことが起こらないように慎重に内容を吟味されるべきなんじゃないだろうか？

いやいやいやいや。俺は妻を責めようとしているんだ。

ちゃんと整理だ。

息子はただ豚を怖がっているだけだ。

犬や猫が怖い子供がいる。虫が苦手な子供もいる。うちの子は豚を見て泣き出した。

それだけだ。

……それだけ、か？

絵本で平気だった豚の本物を怖がるなんてことはありえるんだろうか？

よくわからない。

ありえる、と言われればそうか、と思うだろうし、ありえない、と言われればやはり、と思うだろう。

そしてこれはどれだけ考えても答えは出ない……。

と悶々としている夜、妻が俺を呼び出し、ソファに座らせ、言う。

「言っておくけど、あの豚の話、私は誰にもしてないよ？」

息子にもしてないし、自分の親や親戚にもしてないし、娘ともあの夜以来話したことはないと言う。

「こないだのお産のときについあなたには言っちゃったけど、なんかフーンみたいな空気だったから、とりあえず個人的なヴィクトリーとして保存することにしたの。あはは。どうせ誰にも信じてもらえない内容だしね。海の上に浮かんでる花瓶の中の豚と子供の話なんてさ」

娘なら信じてもらえそうだけど……。

「でも私がその話持ち出すこと、あの子に対しても、あなた嫌だったでしょ？まあ私も素敵な思い出ってわけじゃないから蒸し返したくなかったし。あのときみたいにあの子に怖がられるのなんて絶対嫌だからね」

ああそうなんだ……。

「え？じゃああの豚が怖いの、本人の、あれ？」

「本人のあれだよ」

「まじで？」

「あはは。まあ、でもまだ何もわかんないよ。豚以外にも金魚とか蝶々とか、他にも変なもの怖がるのかもしれないし」

「まあね……」

「言っておくけど、って二度目だけど、私は娘の話を信じてる。私は私の経験を信じてる。息子がこれから自分のことを話し始めるまで私は何も働きかけないけど、それがどんな話にしろ、私は信じるつもりだよ」

や、なんか胸張って言ってるけど……。

「娘と息子の話が食い違っても？」

「うん。実際の話、そうだったらいいなと思ってるよ」

「え？そう？」

「そうだったら娘の話はお伽話、私の経験はただの夢、娘の話がガッツリ影響してただけってことで済むし、娘に置いてかれた《弟》なんていないいんだってことになるでしょ?」

「お、そうなんだ」

と俺はいささか拍子抜けした気分になる。

《間違った弟》がやってきた、ってふうにはならないんだね?

「当たり前です」と妻が笑う。「私の子はあの子だし、それ以外にはいないよ」

あれ?なんだか現実的で当たり前なところに落ち着いてきたな、と思う。そうなんだよ、そうだよね、と思う。

「けど、豚のことがあるよね……」

と思わず俺が言うと、妻は微笑みながら頷く。

「うん。豚のことがあるね。そしてこれがどういう意味を持つのかについて、私には覚悟があるよ。いや、私にとってはもう終わった話でもあるから、覚悟も何もってところだけどね。でも、あなたはずっと信じてなかっただろうから、ちょっと飲み込むのが大変かしら?」

「はは……」と俺は力なく笑うしかない。「そうだね。ちょっとびっくりしちゃうな……」

「けど凄い話じゃない?人の魂って不思議だなーって言うか、世界って不思議だなーって思うでしょ？」

「はは。……だね」

「まあ、ひょっとしたら、ってことにすぎないけどさ」

「うん」

「まあ、そうなったらってことでいいし、さっきも言ったけど、私は私が頑張ったってことになるし、終わった話だからどうでもいいよ。それにそうなったとしても別にフーンで済ませてもいいわけだし」

「……そう？」

「そうだよ。言っとくけど……って三回目か。私、別にあなたがその話を信じなくても別に傷付いたりはしないからね？」

「え？　そう？」

　そう？

「当たり前じゃない。信じにくい話なの、わかってるって。でもさ、私はあなたの気持ちの方が心配だけど？」

　と言う妻の笑顔にいたずらっぽさが足される。

「俺の気持ちが？　何でよ」

「だって私たちの魂の物語に、あなただけ参加してないってことになるでしょ?うふふ」

何言ってるんだ、と俺も笑う。

そして二人でちょっとだけワインを飲んで、別の話をしながら、笑い話になってよかったな、と思う。

妻よ、流石だな、と。

でもその半年後に息子が豚が怖いのは海に浮かぶ花瓶の中で水かきをさせられていたからだ、と言う。

そして
「豚が来る」

と俺の足にすがりつく。

娘も妻も俺に抱きついてくる。

信じるしかないな、と俺は思う。そしてあの話を信じる流れになってちょっとほっとしてると言うか、俺も仲間になれるかもなって思えて、嬉しいような。

緊張しつつもちょっとニヤニヤしてたような気がするので妻はおそらく俺の内心を見透かしているはずだが、それを指摘したりはせずに

「豚、なんとか撃退しようね」

と震えつつも言う。

ああ。

絶対に俺の家族に手出しはさせない。

3

「お前を絶対に逃さない」と豚は息子に言ったらしい。「必ず探して捕まえて、この花瓶に戻してやる。そして水かきを手伝うんだよ、水が入り込んできたらこっちは大変なんだから」

その豚はどこから来るのか?

息子によれば、海の上の花瓶からこの世界に降りる直前、豚に腕を摑まれていたのだけれど、誰かの手に抱きしめられて引き剝がされたらしい。そして妻はそれが自分だと言う。

「花瓶に突っ込んでって、うちの子をガッと持ち上げた、って感覚だったけどね」

「で?それは空を飛んでいたってこと?」

「うーん。意識だけが宙に浮かんでいたって感じかな〜。でも海の上をくまなく探して見つけたってわけじゃなくて、気付いたら花瓶の真上っぽいとこにいて、そこから急降下で突っ込んでっただけだね。そもそも案内されてたのかな」

「神様とかに?」

「かもしれないし、親子の絆かもしれないし」

「ふうん。でもこの世界って花瓶の底の、さらに下にあるんだよね?」

娘の胎内記憶によれば、だが。

「だね。私の意識と私のお腹の中は出入り口とかルートが違うのかもしれないから。それに、時間だってズレがあるみたいだし」

そうだ。

娘の話も息子の話も、どうやって妻のお腹の中に入ってきたのか、だった。つまり豚と別れてきたのは妊娠直前直後のことだろう。そして妻の話は出産直前のことだから、ならば妻は出産のタイミングで約九ヶ月前の息子のところへ行って息子を豚から奪い去ってきたってことになる。

時間が曲がったり伸びたりするなら豚の来襲がいつになるかなんて全く読めない。そしてそれがどのような襲撃になるのかも予想がつかない。

想像はできるが……。

「豚って本物の豚の姿をしてるの？」

そうなんだろうな、とは思っている。だから息子は豚が怖い。

「うん」と頷いてからこう付け加える。「あと、もっと大きい」

どれくらい？と訊くとそのときは何やらたどたどしく説明していたが、よく分からなくて、動物園で象を見て

「これくらい」

と唐突に、はっきり言う。

「え？何が？」

「豚さん」

「は？」

「花瓶の中の豚さんのこと？」

と妻が訊くと息子が頷く。

え？

アフリカゾウ？

思わず呆然とする俺に妻が言う。

「まあ相対的な話で、こっちが小さいからあっちが大きく見えたのかもよ？」

「や。……君も見たんでしょ？」

「見たよ。まあ確かに、言われてみればあんなふうかも。結構迫力あったね。あはは。花瓶は普通の花瓶に見えたんだけどね。不思議だね」

「肝っ玉が据わってらっしゃるねえ……」

そんな不思議相手に既に一度危険なミッションを成功させたんだと思うとなんだか妻を頼りたくなってくる。

「でもさ、象サイズの豚がまんまどっかから現れて襲ってくるってことは、ないよね、多分」

と動物園から帰って夕食を作りながら妻が言う。

そうだよね、とホッとしかけるが、全然安心できる話ではない。つまりどんな姿で現れるのかわからないってことじゃないか？豚の方が動きに想像がつくし身構えやすい気がする。

もっと奇天烈な、神様っぽいのがドリャドリャ空から降りてきたりしたらどうしたらいいだろう？長くて強力な鼻が十本とか百本とか生えてて自在に動かせたりして……？

「神様なんだから」と妻が別の夜に言う。「どんなやり方だってできるのかもしれない」

「ん？神様なの？」

「そうじゃない？人が生まれる前の世界にいるんだから」

「化け物じゃなくて？」

「それも含めて、神様なんじゃないかな」

「ふうん……」

「でさ、そこはどこかな？人が生まれる前の世界って」

「え〜？」

「生まれる前の世界と、生まれた後のこの世界と、死んだ後の世界と、三つあるのかな？そしてそれは一方的に流れてるだけかな？それとも還流してるのかな？」

「ああ……感覚的には還流してる気がするよな」

「だよね。そうじゃないと、魂って最初の世界でぽこっと生まれて、ここに来て、去って、またふわっと消えるみたいな感じしちゃうよね。それだったらこの世界が一つきりで、ぽこっと生まれてふわっと消えるってことでいいのに、それを拡大してもう一つおんなじシステム作るなんて意味不明だよね」

「誰かがそのシステムを作ったんだったらその通りだけど……」と俺は言いかけるけど、それに続く言葉がわからない。この世の作り？それより大きな世界全体の作り？そんなのあるのか？誰かによって作られたものなのか？

答えあぐねてうーんと黙ってる俺に妻が続ける。

「手前の世界とその後の世界が二つに分かれてるって必要もないよね。それが同じ一つのものかもしれない」

「え？まあそうかな……」

「だとすれば、豚がうちの子を取り戻すって、殺すってことかもしれなくない？」

胸がどきっとして背中がぞくっとする。同時にそれらが起こると声が震える。

「殺っ、す、って……」

「縁起でもないよね。ごめん」

謝るようなことではない。

妻は真剣なのだ。真面目に考えてるから、言葉も正しく使おうとしている。

そうだ。それは《殺す》ということなのだ。言い回しの問題じゃない。俺らの手元から奪うということはどうやってもそうなるじゃないか。

そして相手は神様だ。

なんとなく不思議な豚と相撲っぽい格闘をするつもりだった俺の浅はかかつ馬鹿かつ能なしなことよ。

病気だって事故だって、何だって起こりうる。

神様が介在するならば、少々強引でも、理不尽でも、意味不明な展開でもありうるんだ。

とんだ不利な戦いに挑んでるじゃないか、と今更思う。神様と、それも防御的に争うなんて。

「あはは。笑うしかないな」

すると
「そんなことないよ」と妻が言う。「神様が相手なら、他の神様に守ってもらおう。病気も事故も、ちゃんと防ごう。できることをやるしかないんだから、それをやろうね」

浅はかかつ馬鹿かつ能なしな俺のままではならぬ。

聡明な妻に従おう。

「それに、結構神社巡りって楽しいよ。日本の有名な神社お参りに行くついでにおいしいもの食べたりとかしようか」

とすかさず気持ちを上げてくれる妻に感謝しつつ伊勢神宮に行こう成田山にも行きたいねとワイワイやりつつ実際に旅行を楽しみつつ、近所のお寺や神社も散策したりして、普通に娘と息子を大切にしながら暮らしていると豚のことなんか忘れそうになるが、妻が子宮癌になり、

「あ、これだね、豚」と妻が笑う。「思わぬところから攻めてきたね」

何ふざけてるんだよ、と思うけど、初期症状も何もなく突然の大量出血で病院に行ったら既にステージ4で、癌は子宮とリンパ節と肺と腸を食い散らかしている。医者は余命一ヶ月と言い、手術を諦めるように俺を説得しようとする。

妻は穏やかに笑っている。

「しっかりしてね」

君はしっかりしすぎている。

妻のことばかりでうっかり娘と息子のことを疎かにしそうになる俺に妻が言う。

「私を殺すことで、うちの子に手を出しやすくなると思ってるんだよ。舐められてるよ、パパ」

あるいは妻がいなくなることで、うちの子が早死にするってことかもしれない。親の不幸が、子供の寿命を削るってことは十分にあり得そうだ。そしてその短くなった分だけで、時間の流れの違う豚にとっては十分なのかもしれない。水かきの手伝いに間に合うってことなのかもしれない。

ふざけるなよ。

半ば呆然としたまま病院通いと子供の世話と一人きりの呪詛の中でひと月過ぎてしまう。

ふと気づくと夜明け前、空は白んできてるものの周りを囲む林のせいで暗い神社に俺は立っていて、それは近所のよく知ってる神社だが、一瞬自宅に残してきているはずの娘と息子のことが気になるけれど、いや豚は妻の子宮にいるんだから平気だ、と思って、それから立派そうな顔をしている神殿を見上げる。

大きな鈴と、それから垂れる鈴緒《すずお》。

でもこれをどれだけガランガランと振っても、そして振ってきたけど、結局豚を止めてくれたりしなかったのはやっぱり豚も神様で、神様同士、仲間のやることにそれほどとやかく言ったり介入したりなんてしないのかもしれないいなと思う。そして豚も神様なら、この世の何かの役に立ってるのかもしれないし、あるいはそんな善的な役割なんて神様は必要としてないのかもしれない。妻が食い殺されることが悪ということでも、神様の物差しでは、ないのかもしれない。そもそも善悪とか正邪が行動規範ってわけじゃないのかもしれない。

何もわからないままで、ただひたすら俺の家族に神様がちょっかいをかけている。

豚。

神様。

俺は鈴の前に膝をつく。

そして俺は俺の間違いを詫びる。

このしばらくの、呪詛について。

娘の胎内記憶の話を聞いてからの、忌諱感《きいかん》について。

全て間違えていたことについて。

海の花瓶の豚を敬わず、関わりをありがたいと思わず、子供を守るという薄っぺらな義に縋り付くだけで自らを正しいと信じ込んでたことについて。

そうだ。

豚は神様なのだ。

鈴の前で、その神社の名前は知ってるけれどもそこに祀られてる神様の名前はどれだけ説明の文章を読んでも憶えきれないままで、でも名前だけ知っていても相手を知ってることにはならないものな、と思ってそれほど気にしてもいない柱に、俺は頭を下げ、額を冷たい石の道の表面に擦り付ける。

お願いはしない。

ただ謝るだけだ。

俺が全て間違えていたのです。

それから頭を上げ、家に戻り、家族で食事をとり、妻の父と母とともに病院に戻る。

終わりは近い。

間違いを正さなくてはならない。

妻が息子と話したい、と言う。渡りに船だ。俺も参加させて欲しいと言うと妻が頷く。それから妻が

「ママの体は豚に負けちゃったけど、ママの魂は豚に負けてなんかいないよ。なぜならママは君に会えたからね。君のことはパパに安心して任せるし、パパが絶対に君のことを守るからね」

などと言ってるのを聞いてられなくて、俺は口を開ける前に動く。

五歳まで育った息子を背後から抱きしめる。

息子が泣いていて、体温が熱い。

それから俺は言う。妻の股間の奥の豚に。

「弟の方を返す。水かきだの何だの、好きに手伝わせればいい」

妻と息子が悲鳴を上げる。妻は動けないが、息子は俺の腕の中で必死に身をよじり、屈んだり飛び跳ねたりして俺から逃げようとするが、逃さない。

生贄《いけにえ》が必要なのだ。

「豚よ！連れて行け！その水かきがそんなに大変ならこの子を連れて手伝わせろ！」

息子がベッドを蹴り、椅子を蹴り、大きな音が鳴って人が来る。

神様は余計な人に見られたくないだろうか？

でももう個室のドアを閉めに行く余裕はない。

「豚！豚！聞こえてるはずだ！この子を連れて行け！これが最後のチャンスってわけじゃないだろうが、次の水かきに、今なら間に合うだろう⁉」

俺に飛びかかる人がいる。二人、三人。

息子を俺の腕の中から引っ張り出そうとする奴らもいる。

そいつらに俺は何も言わない。無駄だ。俺の言葉は今神様のものなのだ。

「豚！お前の勝ちだ！俺が全部間違えてたんだ！」

本当だ。

そして妻が体をベッドの上で跳ねさせ、両足を開き、宙に浮かぶ。

股間から豚が現れる。

それはアフリカゾウのような大きさをした、豚に似た何かだ。

それが妻の股間から顔を出し、牙をむいて笑いながら息子に手を伸ばす。俺は息子から右手を離し、それを妻の股間へと伸ばす。

豚と俺の右手がすれ違う。

豚が俺の左手が捕まえたままの息子を口の中に入れようとする。

俺は豚の腹の脇から妻の股間の中に手を入れる。そこは濡れている。海がある。そしてその波の上に花瓶が揺れている。

豚と目が合う。

俺は心から言う。

「ありがとうございました」

俺は花瓶を握る。普通の花瓶だ。あっちの世界とこっちの世界の物理は違うが、花瓶は花瓶だ。海は海だ。

俺はそれをひっくり返す。

がぽん、とほぼ全体に空気を入れたまま、花瓶は水中で逆さになる。

豚がギョッとしたのがわかる。

慌てるなよ?

「上向きに浮かべてるから水が入るんだよ。逆さまにしておけば、もう水かきの必要はない」

息子は飲まれてない。俺の左手はまだ息子の肩を握っていて、それを突き飛ばす。息子はそばにいた看護師の男性の足の上に倒れ込む。

「でももし花瓶を逆さまにしておくのに重しが必要なら、俺が行くぜ」

生贄が必要なんだろう?

「うおおおおおっ！」

俺は豚の返事を待たず、妻の股間に飛び込もうとする。

いや、飛び込んだはずだ。俺はザバリと冷たい水の中に頭を突っ込み、潮の匂いと味のするそれに包まれ、鼻の穴やちょっと勢い余って雄叫びを上げたままの口の中に入ってくるのをしっかり味わったのだ。

膣の中にそんなしょっぱい液体はない。

でも俺は妻の恥骨を猛烈な頭突きで粉砕骨折させただけでベッドの足元に倒れていて、右手は肩から先が約十二回螺旋状にねじれていて骨も筋肉もズタボロだが、あって、俺につながっている。

そして妻の中から豚が去ったので、癌も消えてまともな肉が戻っている。

さすが神様だ。

ありがとう。

ありがとう。

ありがとう。

俺は息子にしばらく恨まれたが、もちろん許される。妻は怪我が治り次第即座にセックスを再開してくれる。娘は普通に反抗期を迎えてあまり口を利いてくれなくなるが、それでも家族は仲良しだ。
俺が妻の股間を『豚の神殿』とふざけて呼んだときくらいだ、険悪になったのは。
もちろん俺はきっちり立派に謝ったぜ。

本書は二〇二二年六月に刊行した単行本を文庫化したものです。

〈初出〉
「群像」二〇二二年二月号

この作品はフィクションです。
実在の人物・団体・事件などとは一切関係がありません。

|著者| 舞城王太郎　1973年、福井県生まれ。2001年『煙か土か食い物』で第19回メフィスト賞を受賞しデビュー。'03年『阿修羅ガール』で第16回三島由紀夫賞を受賞。『熊の場所』『九十九十九』『好き好き大好き超愛してる。』『ディスコ探偵水曜日』『短篇五芒星』『キミトピア』『淵の王』『深夜百太郎』『私はあなたの瞳の林檎』『されど私の可愛い檸檬』『畏れ入谷の彼女の柘榴』など著書多数。近年は小説にとどまらず、『バイオーグ・トリニティ』や『月夜のグルメ』などの漫画原案、『コールド・スナップ』の翻訳を手掛け、アニメ『龍の歯医者』『イド：インヴェイデッド』の脚本などに携わる。

短篇七芒星《たんぺんしちぼうせい》
舞城王太郎《まいじょうおう たろう》

講談社文庫
定価はカバーに
表示してあります

2024年6月14日第1刷発行

発行者——森田浩章
発行所——株式会社　講談社
東京都文京区音羽2-12-21　〒112-8001
電話　出版（03）5395-3510
　　　販売（03）5395-5817
　　　業務（03）5395-3615

デザイン—菊地信義
製版———TOPPAN株式会社
印刷———TOPPAN株式会社
製本———株式会社国宝社

Printed in Japan

ISBN978-4-06-535897-9

講談社文庫刊行の辞

二十一世紀の到来を目睫に望みながら、われわれはいま、人類史上かつて例を見ない巨大な転換期をむかえようとしている。

世界も、日本も、激動の予兆に対する期待とおののきを内に蔵して、未知の時代に歩み入ろうとしている。このときにあたり、創業の人野間清治の「ナショナル・エデュケイター」への志を現代に甦らせようと意図して、われわれはここに古今の文芸作品はいうまでもなく、ひろく人文・社会・自然の諸科学から東西の名著を網羅する、新しい綜合文庫の発刊を決意した。

激動の転換期はまた断絶の時代である。われわれは戦後二十五年間の出版文化のありかたへの深い反省をこめて、この断絶の時代にあえて人間的な持続を求めようとする。いたずらに浮薄な商業主義のあだ花を追い求めることなく、長期にわたって良書に生命をあたえようとつとめるところにしか、今後の出版文化の真の繁栄はあり得ないと信じるからである。

同時にわれわれはこの綜合文庫の刊行を通じて、人文・社会・自然の諸科学が、結局人間の学にほかならないことを立証しようと願っている。かつて知識とは、「汝自身を知る」ことにつきていた。現代社会の瑣末な情報の氾濫のなかから、力強い知識の源泉を掘り起し、技術文明のただなかに、生きた人間の姿を復活させること。それこそわれわれの切なる希求である。

われわれは権威に盲従せず、俗流に媚びることなく、渾然一体となって日本の「草の根」をかたちづくる若く新しい世代の人々に、心をこめてこの新しい綜合文庫をおくり届けたい。それは知識の泉であるとともに感受性のふるさとであり、もっとも有機的に組織され、社会に開かれた万人のための大学をめざしている。大方の支援と協力を衷心より切望してやまない。

一九七一年七月

野間省一